Lothar Gräfingholt

Die Colliers der Kanzlerin

Porree, Perlen, Präsidenten

Henselowsky
Boschmann

Lothar Gräfingholt wurde 1953 in Bochum geboren. Der Rechtsanwalt hat an der Ruhr-Universität Jura und Publizistik studiert. Mit seiner Frau lebt er in Bochum.

© Verlag Henselowsky Boschmann
Boschmann und Bunpanya-Boschmann GbR
Schützenstraße 31 · 46236 Bottrop
post@vonneruhr.de · www.vonneruhr.de
1. Auflage 2022
ISBN 978-3-948566-16-6
Vorne auf dem Umschlag: Markt-Aquarell von Ilse Straeter
Druck: Friedrich Pustet GmbH & Co. KG, Regensburg

Lothar Gräfingholt
Die Colliers der Kanzlerin
Roman

Henselowsky
Boschmann

Für
Beata
Benedikt und Katrin
Amalia

Jedem Ende wohnt ein Anfang inne

Angelika Hermes ließ sich auf den Rücksitz fallen und zog die Tür hinter sich zu. Dieses Kapitel ihres Lebens war beendet. Sie blickte auf das hell erleuchtete, imposante Gebäude, ihr Amt. Blitzlichtgewitter begleitete ihre Abfahrt. Sie winkte, sie lächelte. Die Limousine nahm Fahrt auf.

Museler saß am Steuer, wie selbstverständlich, wie jeden Tag in den letzten Jahren. „Wo soll es hingehen, Frau Bundeskanzlerin?"

„Nach Hause, einfach nach Hause. Und sagen Sie bitte nicht mehr Frau Bundeskanzlerin."

Danach wurde es still in dem gepanzerten Mercedes.

Endlich kam sie zur Ruhe nach einem hektischen Tag. Von denen hatte es viele gegeben in den letzten Jahren. Aber heute war etwas anders gewesen. Nichts konnte auf morgen verschoben werden. Jeder meinte, unbedingt noch einiges klären, besprechen, auf Wiedersehen sagen zu müssen. Nicht mal die letzte Stunde hatte sie allein mit ihren engsten Mitarbeiterinnen verbringen können. Sie wollte keine Abschiedsgeschenke, erst recht keine Blumen.

Jetzt freute sie sich auf den Abend. Sie hoffte, mit einem guten Essen überrascht zu werden. Er kochte leidenschaftlich gerne und gut. Er würde sie in den Arm nehmen und schweigen.

Wo alles begann

Dauernebel lag über den Deichen. Totenmonat. Die Vögel zwitscherten nur noch leise, man musste genau hinhören. Kälte kroch Angelika in die Schuhe. Sie hätte sich dicker anziehen sollen, hätte wissen müssen, dass es ungemütlich werden könnte. Nicht nur an den Wohnungstüren.

Zum ersten Mal hatte sie an einer Gedenkfeier für die Opfer von Krieg und Gewalt teilgenommen. Die Schützenformation war auf dieses nasskalte, fiese Wetter bestens vorbereitet. Die Männer hatten sich in dicke Mäntel gehüllt, darunter Uniformjacken. Sie vermutete, dass alle lange Unterhosen trugen. Manche hatten die grobe Unterwäsche über die Strümpfe gezogen, und die dunkle Wolle war gut zu erkennen. Sie kannte die Kommandos nicht, aber die Lieder waren ihr von Kindheit an vertraut, wurden in Totengottesdiensten gespielt und gesungen. Sie sang leise mit. „So nimm denn meine Hände und führe mich." Die Bläser gaben alles. Es war allerdings nicht viel. Sie trafen kaum einen Ton.

Sie sah sich um und stellte fest, dass lediglich drei Frauen im Halbkreis um das Kriegerdenkmal standen, sonst nur Männer. Der Pastor predigte über Frieden und Freiheit. Es folgte das Vaterunser, bei dem die Schützen ihre Mützen abnahmen. Schließlich segnete der Geistliche die Anwesenden und das Denkmal für die Verstorbenen.

Sie hatte sich vorgenommen, nach dieser Feier von Tür zu Tür zu gehen und sich als Kandidatin für den Bundestag vorzustellen. Parteifreunde aus dem Westen hatten ihr diese Form des Wahlkampfs empfohlen. Mühsam, aber wirksam, hatte auch der hiesige Kreisvorsitzende gemeint. Sie war jetzt ihr eigenes Wahlkampfteam und machte sich allein auf den Weg. Niemand kannte sie hier. Manche Türen blieben verschlossen. Die meisten Menschen, die ihr öffneten, blickten freundlich.

Sie ging am Dänholm-Kanal entlang. Einige Boote tanzten auf den seichten Wellen. Ein Fischer in einer abgetragenen blauen Jacke verschwand in eine Hütte, vor der ein weiterer Fischer mit einer Bommelmütze stand. Dieser schaute sie ungläubig an, als sie auf ihn zuging.

„Wo willst du denn hin bei diesem fiesen Wetter?"

„Zu Ihnen, denn ich will gewählt werden. Ich kandidiere für den Bundestag. Wissen Sie schon, wen Sie wählen werden?"

„Nö, ich weiß noch gar nicht, ob ich wählen werde. Aber komm rein, hier draußen ist es zu usselig."

Er öffnete die einfache Holztür. Dicker Zigarettenrauch drang ihr entgegen. Sie stutzte, staunte. Drei Männer saßen auf Stühlen, einer trug ebenfalls eine Bommelmütze, die beiden anderen Helmut-Schmidt-Mützen, wie man sie inzwischen auch hier bezeichnete. Zwei Fenster an den beiden Seitenwänden ließen Licht in den unbeleuchteten Raum, der nicht größer war als ihr Wohnzimmer. Selbst hier hinein drückte der Nebel, oder war es der dicke Qualm der Rauchwaren? Unter dem linken Fenster stand ein Tisch voll mit Papier und Pappe.

„Das sind Jan, Knut und Boris, unser Käptn, wenn du weißt, was ich meine. Wie heißt du eigentlich?"

„Angelika Elisabeth."

„Verdammt, das klingt wie eine Heilige."

Die Männer lachten ihr tiefstes Lachen. Sie machten ausgebildeten Basssängern alle Ehre.

„Angelika will also für uns nach Berlin. Magst du was trinken? Schnaps?"

Ein fünfter Mann kam rein.

„Hoher Besuch, Will. Nimm deine Mütze ab."

Frische Luft schoss in den verrauchten Raum.

„Was wollen Sie für uns tun?", fragte der Käptn.

Statt die Mütze vom Kopf zu nehmen, griff der Neue in seine Jackentasche, fingerte eine Schachtel mit Zigaretten raus und bot Angelika eine an.

„Nein, danke." Sie blickte auf die verdreckten nassen Klotschen des Fischers. „Wo drückt der Schuh, was sollte ich für Sie tun?"

„Mehr Fische, mehr Fische! Wir brauchen mehr Fische!" Nahezu gleichzeitig kam es aus allen Mündern.

*

November. Totensonntag. Die Blätter der Birken waren braun geworden, viele schon abgefallen. Die letzten Blüten der Sommerblumen öffneten sich noch einmal weit und streckten sich der Sonne entgegen. Die Gräser in den Blumenkästen bewegten sich mal ein wenig, mal heftig. Die Glocken der Kirche waren verklungen. Das Rauschen der Bäume stand in der Luft.

Volker Luerke blickte auf das Grab seiner Frau, das voller Blätter lag. Kein menschlicher Laut. Kein Zwitschern eines Vogels. Nirgends Hundegebell. Seit drei Jahren ging er hierher. Er hatte es nicht weit von seinem Haus. In den ersten Wochen nach Raphaelas Tod war er täglich gekommen. Inzwischen verging manchmal mehr als eine Woche von einem Besuch bis zum nächsten.

Er setzte sich auf die Bank gegenüber, schloss die Augen, rieb mit den Fingern über die Stirn. In Gedanken war er in seinem Garten. Dort stand ein schattenspendender Schirm im schweren Granitständer, trotzte den Böen, die immer wieder aufkamen. Er hätte ihn längst in die Garage stellen sollen. Auch die orangefarbene Vogeltränke auf dem rostigen Stab, die aussah wie ein Diskus, musste reingeholt werden. Täglich könnte der erste Frost dieses Winters den Garten verändern, ja verzaubern. Er befürchtete, die Schale würde dem Eis nicht widerstehen. Wie im letzten Winter, als der kleine Vogel aus Glas am Rand der Schale abgeplatzt und am Boden zersplittert war. Den Gartenschlauch hatte er vor ein paar Tagen abgedreht, denn im vorigen Jahr war die Kupferleitung geplatzt. Das Wasser hatte sich einen neuen Weg gesucht und war aus der Steckdose geflossen.

Er hatte erste Lichterketten auf dem Balkon verteilt. Zeichen der Behaglichkeit zum Jahresende. Runterkommen vom Stress des Sommers, leuchten lassen und das Leben vielleicht wieder genießen können. Er mochte die protzige Weihnachtsbeleuchtung der Innenstadt nicht, mied die Märkte mit Mandeln und Marzipan. Der Weihnachtsmarktduft überdeckte schon lange den Duft des Heus in der Krippe. Laute Weihnachtsmusik mitten im Totenmonat. Eine unschöne Entwicklung. Opfer des Kommerzes.

Der Wind frischte auf. Durch die Blätter der Birke entdeckte er eine letzte Rose, eine rote. Wie kitschig! Sie hatten sich nie rote Rosen geschenkt. Würden bald Momente der Muße kommen oder des Müßiggangs? Zeiten der Zufriedenheit oder des Zauderns? – Es würden neue Zeiten sein. Andere Zeiten. Es wurde Zeit!

Mehr Freiheit wagen

Der Empfang war fast vorüber. Die letzten Abgeordneten machten sich auf den Weg. Die Neuen schossen noch Fotos. Immer wieder musste die Bundeskanzlerin mit ihr Unbekannten in eine Kamera lächeln.

Sie fühlte sich erleichtert. Ihr Vorgänger hatte sich überwunden und gratuliert, wenngleich der Glückwunsch unterkühlt gewesen war. Er hatte seinen Arm weit und steif ausgestreckt, um ihr nicht zu nahe zu kommen.

Hartwich und ihre Familie standen etwas abseits, eng beieinander, drehten sich suchend um, fühlten sich fremd in diesem Hohen Haus. So viel Öffentlichkeit waren sie nicht gewohnt. Sie ging zu ihnen. „Schön, dass ihr alle hier wart. Ich fürchte, in Zukunft wird es für mich etwas einsam werden ohne euch."

„Auf dich warten große Aufgaben, viel Arbeit. Wir sind stolz auf dich. Du bist durch eine harte Schule gegangen. Du schaffst das." Ihre Mutter sah sie aufmunternd an und lächelte.

„Hartwich könnte auch mal allein bei euch vorbeischauen, oder?" Angelika fasste Hartwichs Hand.

Der Angesprochene verzog den Mund, kräuselte die Augenbrauen. „Lass uns nichts versprechen. Ich muss meine Rolle erst finden, will mein Leben so wenig wie möglich ändern, fürchte aber doch die eine oder andere Fremdbestimmung hier in Berlin und im Büro."

Angelika blickte auf die Uhr. „Ich muss weiter. Ihr wisst, wie ihr nach Hause kommt? Frau Brinkkötter hat alles vorbereitet."

Eine Dame mittleren Alters kam festen Schrittes durch die Lobby. Kein Härchen lag schief. Sie ging kerzengerade, trug ein modisches Kostüm, dazu passende Schuhe und eine farblich abgestimmte Halskette.

„Das ist Frau Fischer, die neue Ministerin. – Ich freue mich, dich zu sehen, Julia. Meinen Mann kennst du ja. Das sind meine Mutter und mein Bruder mit Familie."

„Schön, Ihre Bekanntschaft zu machen. Ich muss die Kanzlerin leider kurz dienstlich sprechen."

„Schon gut, wir haben uns eh schon verabschiedet. Macht es gut. Bis nächstens." Angelika winkte ihrer Familie zu.

Julia Fischer, die neue Landwirtschaftsministerin, nahm die Kanzlerin zur Seite. „Das wird für deinen Vorgänger sein schwerster Gang gewesen sein. Ich habe den Schmidt immer bewundert, dass er auf Kohl zugegangen ist. Für den heute hatte ich weder Mitleid noch Bewunderung. Wie der gelächelt hat." Sie versuchte es nachzuahmen, doch es gelang ihr nicht, nur mit dem Mund zu lächeln. „Ganz so dienstlich ist es nicht, was ich will. Zum einen gebe ich dir meine neuen Kontaktdaten. Ich weiß nicht, ob du sie im Büro platzieren willst oder privat in deinem Kalender. Und dann noch was ganz Persönliches. – Verzeih mir, aber ich glaube, als Freundin darf ich es sagen."

„Mach es nicht so spannend."

„Willst du nicht etwas für deinen Typ tun?"

„Was meinst du damit?"

„Nun ja, deine Frisur, die könnte schon einen neuen Schnitt gebrauchen, mehr Volumen, mehr Wellen, gefälliger eben."

„Du weißt, dass mir das ziemlich egal ist."

„Dir vielleicht, aber nicht den Bürgerinnen und Bürgern. Das Volk will eine Regierungschefin, die Eindruck macht. In Paris, in Brüssel, in Moskau. Beim Papst, bei der Queen, beim amerikanischen Präsidenten. Denk an deinen Vorgänger!"

„Ich werde mir die Haare nicht färben lassen, basta!"

„Zwischen Färben und Tönen liegt ein himmelweiter Unterschied. Darauf hat er viel Wert gelegt. – Du hast viel mehr Potential als dieser Gockel. Er macht auf Freundschaft mit Russland, und du sprichst fließend russisch. Du musst und sollst nicht werden wie er, wahrlich nicht. Aber mach was!"

„Kannst du denn einen Friseur empfehlen?" Angelika strich mit der rechten Hand durch ihre Haare. „Wirklich nichts Besonderes. Sie wirken fettig und strähnig. Dabei wasche ich sie jeden Morgen."

„Geh zu Meister D – oder besser, bitte ihn, ins Amt zu kommen. Du kannst ihm vertrauen. Er kennt sich mit Prominenten aus, er weiß, was zu tun ist, kann schweigen und hat vor allen Dingen viel Ahnung."

„Ich sage Frau Brinkkötter Bescheid. Gibst du ihr die Kontaktdaten?"

„Klar, ich leite sie ihr weiter. – Ich hätte auch noch einen guten Juwelier. Deine Ketten sind schön, aber unscheinbar. Mein Juwelier ist ein echter Könner, macht aber keinen Prunk, keine Brillis, sieh hier." Sie griff an ihre Kette, hob die violetten Steine ein wenig an. „Rund geschliffene Amethyste. Funkeln die nicht schön, sieh nur. Ich schicke dir morgen mal Colliers von ihm. Sie werden dir gefallen."

Angelika Hermes schaute auf ihre Kette, nahm eine Perle in die Hand und drehte sie zwischen den Fingern. „Kein Vergleich zu deinen Steinen, aber es hängen viele Erinnerungen daran."

Komm, Hans, komm!

Volker Luerke saß auf der Couch im Wohnzimmer. Durch das sechsflüglige Fenster blickte er nach draußen in den Garten. Maximilian war das Wochenende über bei einem Freund. Er könnte seine Zeit so verbringen, wie er wollte. Keiner würde ihn beim Dösen stören, beim Nachdenken.

Aus dem Fenster schaute er auf die abgeschnittene Trauerweide. Am Tag, bevor der erste Schnee dieses Winters gefallen war, sehr früh im Jahr, war sie geschnitten worden. Das war Zufall und Glück zugleich gewesen, denn er hatte diesen Termin bereits Wochen vorher vereinbart. Einen Tag später hatte der Schnee den Garten fest im Griff gehabt, bevor der Herbst die Blätter überhaupt richtig färben konnte.

Die dicken Stämme der Trauerweide streckten sich völlig kahl in den blauen Himmel. Oben hatte der Baumpfleger mehrere dicke, mittlere und dünne Äste stehen lassen, andere direkt am Stamm abgesägt. Seit kurzem erkundete ein Eichhörnchen fast täglich den Baum, und die Äste waren gute Sitzplätze für ganz unterschiedliche Vögel.

Gerade erblickte er dort eine Taube, der Größe nach zu urteilen eine männliche. Der Körper des Täuberichs stand völlig regungslos, Hals und Kopf dagegen waren in ständiger Bewegung. Hoch, runter, seitwärts, gewendet, fast um 180 Grad gedreht; ohne Unterlass. Manchmal ging der Schnabel unter die Federn, das Tier kratzte sich oder säuberte das Gefieder.

Unwillkürlich dachte er an Großvater, der ein begeisterter Taubenvatter gewesen war. Wenn in den Sommermonaten die Kröpper am Wochenende geschickt wurden, gab es kein sonntägliches Familienleben, keine Besuche von oder bei Verwandten.

Schon mittags, spätestens am frühen Nachmittag stand Opa im Garten, den Blick ständig hoch zum Himmel gerichtet. Dann erwartete er seine Tauben, die frühmorgens in Bayern, im Bayerischen Wald oder am Oberrhein aus dem Transportwagen losgeflogen waren, ging wieder und wieder um die Laube herum, um seine Lieblinge so früh wie möglich zu entdecken. Sah er eine, erscholl ein Pfiff, den er sich selbst beigebracht hatte.

Es kam nun auf Sekunden an, denn auch Tauben der anderen Züchter tauchten am Himmel auf. Am Ende konnte nur eine die Erste sein und das höchste Preisgeld gewinnen.

Großvater verschwand in der Laube, rasselte mit der Futterdose. „Komm, Hans, komm!" Sobald die Taube in den Schlag flog, schnappte er sie sich, entfernte mit gekonntem Griff den Gummiring, den jedes der Tiere auf der langen Reise trug, und steckte ihn in die Taubenuhr. Dieses technische Meisterwerk in schlichter und doch edler Form aus wertvollem Holz, regelmäßig geeicht, erfasste auf die Sekunde genau die Ankunft. Erst im Vereinslokal durfte sie geöffnet werden

Fünf, acht, zehn Tauben schickte Großvater. Manche Steiger hatten viel Geld, gehörten regelmäßig zu den Gewinnern. Er besaß nur Durchschnitt. Vergeblich hatte er seine Kinder für den Taubensport zu begeistern versucht, darunter auch Vater. Doch der hasste die Kröpper.

Volker genoss es, die Taube zu beobachten, die immer noch einsam auf dem Ast saß. Plötzlich ging ein Ruck durch ihren Körper. Sie drehte den Kopf. Eine zweite Taube war im Anflug. Die Täubin landete einen halben Meter neben dem Täuber. Neugierig beobachten sie sich.

*

Bärbel Brinkkötter, von allen seit Jahr und Tag „BB" genannt, nur von der Kanzlerin nicht, betrat das Büro. „Frau Bundeskanzlerin, die Vertreter der Imkervereine werden Ihnen heute Honig aus allen 16 Bundesländern überreichen und wollen Sie auch probieren lassen. Ich hoffe, Sie mögen Honig."

„Sehr gerne sogar. Ich möchte einen bayerischen und einen aus Vorpommern probieren, wenn es geht."

„Alles wird gehen; ich gebe diese Nachricht weiter."

Die Kanzlerin schaute sich um, sah einen kleinen Karton auf ihrem Schreibtisch. „Was ist das? Haben Sie schon reingeschaut?"

„Das hat Frau Fischer für Sie abgeben lassen. Darin sind drei wunderschöne Ketten von einem Juwelier aus Bochum, Volker Luerke. Der versteht sein Handwerk, ich würde sogar sagen: seine Kunst. Adresse und Telefonnummer habe ich gespeichert."

„Ich sehe sie mir später an, am besten zu Hause. Ich muss mich zuerst um die Post kümmern."

*

Der Arbeitstag war lang gewesen. Sie kam müde nach Hause.

„Hallo, wo steckst du?"

„Hier meine Liebe. Ich habe mir ein Glas Rotwein eingeschenkt. Ich will noch die Tagesthemen anschauen, damit ich weiß, für welche Nachricht du heute gesorgt hast."

„Ich denke, für keine, die für die Tagesthemen interessant wäre."

„Willst du auch ein Glas?"

„Mir wäre ein kaltes Bier lieber. Haben wir eine Flasche im Kühlschrank?"

Hartwich hatte die Tür des Kühlschranks bereits geöffnet, holte eine Flasche heraus, entfernte den Verschluss und schenkte ihr ein. Beide setzten sich auf die gelbe Couch vor dem Fernseher. Sie leerte ihr Glas in einem Zug.

„War die Luft bei euch heute so trocken?"

„Besser trocken als dünn."

Sie hörten die Überleitung des Moderators zum nächsten Thema: „Deutschlands Bienen sind vom Aussterben bedroht. Vertreter der deutschen Imker- und Bienenvereine informierten darüber heute die Bundeskanzlerin. Aus Berlin berichtet Matthias Neumann."

„Von wegen, keine interessanten Nachrichten produziert." Hartwich lächelte. „Auf dein Wohl, Kanzlerin. Du machst auch solche Themen interessant. Deswegen kommen die Menschen zu dir. Daran musst du dich gewöhnen. Ganz Deutschland wird ab morgen über das Bienensterben sprechen. Das ist gut, weil Bienen gut für Deutschland sind."

Sie sah sich beim Probieren des Honigs zu. Glücklicherweise hatte sie nur zwei Sorten kosten müssen. Das hatte ihr gereicht.

„Hat er wenigstens geschmeckt?"

„Der bayerische war richtig gut. Almhonig, würde ich sagen. Dagegen war der aus Vorpommern nur zweite Wahl. Schade, aber ich habe mir nichts anmerken lassen."

Sie stand auf, ging zu ihrer Tasche und holte den kleinen Karton von Julia Fischer heraus. „Hier, schau mal, dein Weihnachtsgeschenk für mich." Sie öffnete die Schachtel und zeigte Hartwich die Ketten. „Frau Fischer meint, ich müsse meinen Typ verändern: vollere Haare und tolle Ketten. Sie hat mir einen Juwelier in Bochum empfohlen, der diese Ketten gemacht hat. Sie gehören Julia, also keine Angst."

„Gefallen mir gut. Schöne und perfekte Arbeit. Würden dir wirklich ausgezeichnet stehen. Damit würdest du aussehen wie Jackie Kennedy."

„Diese hier gefällt mir besonders gut. Schau, diese Kombination aus tiefen grünen Steinen und goldenen Kugeln." Sie hielt sich die Kette mit beiden Händen an. Dabei streckte sie ihren Hals und führte den Verschluss unter ihren Haaren zusammen.

„Aber ist die nicht zu elegant für dich? Passt die zu deinem Typ?"

„Ich soll ja meinen Typ verändern. Aber ich will natürlich noch ich selbst bleiben."

„Dann musst du aber in der Politik ebenfalls deinen Typ ändern."

„Keine Sorge, das werde ich. Jetzt muss ich noch arbeiten, dann gehe ich ins Bett. Gute Nacht. Schaust du noch fern?"

„Nicht mehr lange."

*

Nachdem die Kanzlerin am nächsten Morgen die Wohnung mit zwei schweren Aktenkoffern verlassen hatte, bemerkte ihr Mann, dass das Päckchen mit den Ketten noch auf dem Tisch lag. Daneben der Zettel, auf dem

Julia Fischer Namen, Adresse und Telefonnummer des Bochumer Goldschmieds notiert hatte.

Hartwich dachte kurz nach, legte sich eine Geschichte zurecht, um sich nicht zu erkennen geben zu müssen. Dann wählte er die Bochumer Nummer.

Nach dem dritten Ton meldete sich eine sanfte Stimme. „Volker Luerke."

„Guten Morgen, mein Name ist Markus Afeld. Ich habe Ihre Nummer von einer Bekannten bekommen, die meiner Frau und mir Schmuck gezeigt hat, den sie angefertigt haben. Besonders von Ihren Ketten ist meine Frau sehr angetan."

„Das freut mich zu hören. Benötigen Sie meine Adresse?"

„Wir wohnen in der Nähe von Berlin, können also nicht so ohne weiteres nach Bochum kommen. Meine Frau hat nächste Woche Geburtstag. Deswegen würde ich gerne wissen, ob es eine Möglichkeit gibt, dass Sie mir eine Kette zuschicken, also ob wir auf diesem Weg ins Geschäft kommen können?"

„Möglich ist fast alles. Aber zunächst müssten Sie mir sagen, was genau Sie Ihrer Frau schenken wollen."

„Wie ich schon sagte, es soll eine Kette sein."

„Ja, aber was für eine? Wahrscheinlich meinen Sie ein Collier. Gold, Silber, Edelsteine, welche Edelsteine?"

„Was halten Sie von Weißgold. Haben Sie Weißgoldketten. Ich denke, Weißgold wäre gut. Schlicht, aber trotzdem werthaltig und nicht alltäglich."

„Zwei Weißgoldcolliers kann ich Ihnen anbieten. Sehr schöne Stücke. Ich könnte Ihnen per Mail Fotos schicken. Dann könnten Sie sich entscheiden. Dafür, dagegen, für eine, für beide."

„Nein, nein, eine wäre genug. Ich gebe Ihnen meine Büroadresse, damit meine Frau nichts merkt, schicke

Ihnen eine Mail, und Sie antworten mir dorthin. Können wir es so verabreden?"

„Gerne. Aber wollen Sie keine Preise wissen?"

„Sie werden mir einen fairen Preis machen, nicht wahr?"

„Selbstverständlich. Wann genau brauchen Sie denn das Collier?"

„Spätestens am Dienstag, Montag wäre besser. Schaffen Sie das?"

„Wenn Sie sich noch heute entscheiden, auf jeden Fall."

„Schön, dann verbleiben wir so. Ich überweise Ihnen das Geld, sobald ich mich entschieden habe. Vielen Dank. Noch einen schönen Tag."

„Ihnen ebenso, und wenn Sie mal zufällig mit Ihrer Frau ins Ruhrgebiet kommen, schauen Sie einfach bei mir vorbei." –

Ein nettes Gespräch und ein nettes Angebot, aber Hartwich konnte sich keinen Grund vorstellen, mal zufällig ins Ruhrgebiet zu kommen. Er rieb sich die Hände, war mit sich zufrieden, sehr zufrieden sogar. Mit einer Kette könnte er seinen Beitrag zur Typveränderung seiner Frau leisten und an ihrem Verhältnis arbeiten, das inzwischen nicht mehr wirklich funktionierte. Die ständige Trennung seit dem Wahlkampf, den Stress der Koalitionsverhandlungen: Das alles hatte Angelika besser weggesteckt als er.

Er nahm erneut das Telefon und wählte die Nummer seines Büros. Markus müsste am Platz sein.

„Architekturbüro Strohmann, Afeld."

„Ich bin es, Hartwich. Hallo, Markus, ich brauche deine Hilfe."

„Wie könnte ich dem Kanzlergatten meine Hilfe verweigern! Angelika hat gestern eine gute Figur gemacht. Grüß Sie herzlich von mir. An ihren Haaren sollte sie noch was tun."

„Was haben nur alle gegen ihre Haare. Die haben dich doch noch nie interessiert. Ich will mit dir etwas verabreden, das Angelika nicht erfahren darf."

„Du machst es aber spannend."

„Ich will ihr nächste Woche eine Kette schenken. Sie will ihren Typ verändern, Haare, wie du schon sagst, und Schmuck. Ich will sie überraschen. Damit sie nichts merkt, möchte ich die Aktion unter deinem Namen laufen lassen, wenn du einverstanden bist."

„Solange ich die Teile nicht bezahlen muss."

„Du schickst eine Mail an einen Goldschmied in Bochum. Der mailt dir dann Fotos von zwei Ketten. Wenn mir eine gefällt, gibt er sie sofort zur Post, so dass sie spätestens Dienstag bei dir ist und Angelika sie am Mittwoch während der Regierungserklärung tragen kann."

„Darf ich also die Kette aussuchen?"

„Du darfst gerne die zweite Kette für Maria kaufen, aber zuerst greife ich zu, damit das klar ist. Und sag mir Bescheid, wenn die Mail da ist, dann schaue ich kurz rein, okay?"

Gold, Silber, Edelsteine

Volker Luerke stand hinter dem Verkaufstresen mit aufgesetzter Vitrine. Von hier aus konnte er durch das Schaufenster den Hauptbahnhof sehen. Die Einkaufsstraße war heute belebter als sonst.

Er war im Begriff, in sein Kelleratelier hinunterzusteigen, als erneut das Telefon klingelte, überlegte kurz, ob er es läuten lassen sollte, besann sich dann aber doch anders. Die Fotos der Colliers für den Kunden aus Berlin konnte er auch nachher noch machen. Also stieg er die Treppe wieder hinauf. Anrufe waren wichtig, wählten doch immer mehr Kunden diese Form der Kontaktaufnahme. Es ärgerte ihn, wenn manche auf diesem Weg Preise vergleichen wollten. Aber die meisten konnte er überzeugen, besser in sein Geschäft zu kommen.

Der Anrufbeantworter hatte sich bereits eingeschaltet, und er hörte seine eigene Stimme, aber er nahm das Telefonat an.

*

Nach dem Gespräch fühlte er sich etwas verwirrt. Hatte er gerade mit der mächtigsten Frau des Landes gesprochen? War er zu weit gegangen, als er ihr deutlich gemacht hatte, dass er Colliers und keine Ketten herstelle, sehr wertige Einzelstücke und keine von der Stange? Er überlegte, ob er vielleicht Unsinn geredet hatte. „Muss ich denn Frau Fischer Provision zahlen." Insgesamt aber war es ein sehr sachliches Gespräch gewesen. – Sagte man der Hermes nicht genau diese Sachlichkeit nach. Kühl und vernunftorientiert. Selbst beim Collierkauf.

„Die Auswahl überlasse ich Ihnen. Schlicht, elegant, kein Schickimicki. Wir verbleiben so. Ich bin gespannt auf Ihre Lieferung. Noch einen schönen Tag."

Wie klar sie das gesagt hatte. Aber sie besaß eine warme Stimme.

Die Kanzlerin als Kundin. Er musste sich setzen. Wenn das Raphaela erlebt hätte. Er streckte die Hände in die Luft. Sollte er es sofort seinen Söhnen erzählen? – Sicher erwartete die Kanzlerin Diskretion.

*

Sie legte auf. Es war ein angenehmes Gespräch gewesen. Seine sanfte Stimme wirkte jung; sie klang noch in ihrem Ohr. „Lassen Sie mich nachdenken." Wie er das gesagt hatte. Aber so jung konnte er nicht sein. Zu gern hätte sie gewusst, ob sein Aussehen zu dieser Stimme passte.

Sie hatte kurzerhand zum Telefon gegriffen und die Nummer gewählt, die Bärbel Brinkkötter ihr gegeben hatte, wollte sich ganz bewusst nicht verbinden lassen, wollte den direkten Kontakt in dieser privaten Angelegenheit. Das Freizeichen ertönte, sie hatte gewartet. Schließlich schaltete sich der Anrufbeantworter ein.

„Volker Luerke. Ich bin leider nicht zu erreichen. Bitte sprechen Sie nach dem Signalton." Die Stimme klang blechern, was wohl an der Aufnahme lag.

Sie hatte sich abgewöhnt, aufs Band zu sprechen, wollte schon auflegen.

„Volker Luerke, guten Tag." Jetzt klang die Stimme sympathisch und ganz klar.

„Hier Hermes. Guten Tag. Ich habe Ihre Nummer und Ihren Namen von Frau Fischer. Sie schwärmt von Ihnen, besser gesagt, von Ihren Ketten."

„Sie haben das Interview in der BUNTEN gelesen? Sie hat viel Privates preisgegeben, meine Colliers in den schönsten Farben beschrieben. Ich muss ihr dafür hoffentlich keine Provision zahlen."

„Nein, das Interview habe ich nicht gelesen, ich habe persönlich mit ihr gesprochen. Sie hat mir drei Ihrer Ketten zur Ansicht gegeben."

„Dann müssen Sie aber gut mit ihr bekannt sein. Sie sagt mir immer, wie wertvoll ihr die Colliers sind."

„Gut bekannt zum einen, zum anderen bin ich ja ihre Chefin."

„Ihre Chefin? Sie ist doch jetzt selbst Chefin!"

„Stimmt nicht ganz. Sie ist Teil meines Kabinetts."

„…"

„Sind Sie noch dran?"

„Bei mir hat noch nie eine Kanzlerin angerufen. Wenn Sie nicht vorher Frau Fischer und ihre Colliers erwähnt hätten, würde ich Ihnen wohl auch nicht glauben. Ich hätte aufgelegt. Aber jetzt kommt mir Ihre Stimme selbstverständlich bekannt vor."

„Schön, dass Sie drangeblieben sind. Wie Sie hören, habe ich Interesse an Ihren Ketten. Wie können wir vorgehen, damit ich mir eine oder zwei davon ansehen kann? Wie finden wir zueinander?"

„Lassen Sie mich nachdenken. Am besten wir machen es so, wie ich es mit Frau Fischer immer mache. Ich kann Ihnen gerne eine, zwei oder auch mehrere Ketten, ich sage übrigens lieber Colliers, zuschicken. Wenn Ihnen eines gefällt, behalten Sie es, und wir einigen uns über alles weitere. Sie können die Colliers selbstverständlich zur Probe tragen, gerne auch in der Öffentlichkeit. Leider kann ich nicht alles schicken, was ich gemacht habe. Da müssten Sie schon mal vorbeischauen, wobei mir klar ist, dass das nicht geht."

„Dann versuchen wir es zunächst so: Sie schicken mir die Colliers ins Amt, persönlich, vertraulich und ohne Hinweis auf Ihre Goldschmiede. Und Sie sagen Frau Brinkkötter, meiner Sekretärin, Bescheid, wenn Sie das Paket abschicken; dann informieren wir die Poststelle. Ich denke, so könnte es gehen."

„Haben Sie denn eine besondere Vorliebe? Gold, Silber, Edelsteine?"

„Die Auswahl überlasse ich Ihnen. Schlicht, elegant, kein Schickimicki."

„Lassen Sie mir ein paar Tage Zeit zum Nachdenken, damit ich mich etwas mit Ihnen als Frau beschäftigen kann, nicht mit der Bundeskanzlerin."

„Frau Fischer meint, ich solle meinen Typ verändern, wie auch immer der dann wird."

„Da könnte ich mir schon was vorstellen. Sie sehen gut aus, aber mit meinem Collier werden Sie noch besser aussehen. Glauben Sie mir, ich sehe Sie vor mir und werde etwas wirklich Schönes für Sie aussuchen. Für attraktive Frauen ist es einfach, etwas Passendes zu finden."

„Wir verbleiben so. Ich bin gespannt auf Ihre Lieferung. Noch einen schönen Tag."

Sie legte auf, bevor er sich verabschieden konnte.

Perlen per Post

Am Abend vor der Regierungserklärung ging die Kanzlerin den Text ihrer Rede durch. Hartwich war in sein Büro gefahren. Hätte er heute Abend nicht zu Hause bleiben, sie ablenken, unterstützen können? Er fuhr nur selten um diese Zeit in sein Büro.

Sie war aufgeregt, weil in den letzten beiden Tagen nicht alles so gelaufen war, wie sie es sich erhofft hatte. Der Entwurf der Rede war viel zu lang. Sie musste viele Aspekte streichen. Und ihr schwarzer Hosenanzug passte nicht zu ihrem neuen Stil, wirkte zu hausbacken. Sie entschloss sich, ihren Blazer mit den großen weißen Knöpfen mit einer schwarzen Hose zu kombinieren.

Der Bochumer Juwelier hatte noch nicht geliefert. Sie hatte so sehr darauf gesetzt, ein schickes und wertiges Collier tragen zu können. Fehlanzeige! – Ihre alte Perlenkette. Ein schönes Stück ohne Zweifel, aber unscheinbar.

*

„Angelika, du hast etwas aus Hamburg bekommen."

Sie hatte die Schulaufgaben auf dem Tisch liegen lassen und war in die Küche gerannt. Dort hielt ihre Mutter ein Paket in der Hand. „Es ist an dich persönlich adressiert. Ich denke, es ist ein Geschenk zu deiner Konfirmation. Sollen wir es nicht zu lassen bis zu deinem Ehrentag?"

„Ein Paket aus dem Westen muss sofort geöffnet werden, hast du mal gesagt."

„Deshalb habe ich schon die Schere geholt."

Angelika griff mit zittrigen Händen erst das Paket und dann die Schere. Zunächst versuchte sie, die Knoten zu lösen, um das Band in ganzer Länge zu erhalten. Aber die Verknotung war zu fest. Also schnitt sie vorsichtig an einer Stelle das Band durch, so geschickt, dass es sich nahezu komplett wieder nutzen ließ. Auch das Einpackpapier behandelte sie vorsichtig, faltete es sorgfältig zusammen, so dass man es noch einmal verwenden konnte.

Zum Vorschein kam ein Schuhkarton der Marke Salamander. Lurchi, sie kannte den Namen dieser kleinen Werbefigur, lächelte sie freundlich an, aber ihr war sofort klar, dass in dem Karton keine Schuhe sein würden. Schuhe waren auch in der Uckermark gut zu bekommen.

Der Deckel war mit viel Klebeband verschlossen, das sie einfach durchschnitt. Sie klappte ihn hoch, und ein lautes „Juhu" entsprang ihrem Mund. „Eine echte Jeans!" Angelika riss die Hose förmlich aus dem Karton. „Eine modern geschnittene, amerikanische, schau Mama." Die Hosenbeine fielen auseinander, und ein kleiner blauer Beutel knallte auf den Boden.

Während Angelika nur Augen für die Jeans hatte, hob ihre Mutter den Beutel auf. „Sie ist ein wenig lang."

„Besser zu lang als zu kurz, wird Tante Elisabeth gedacht haben." Hastig zog Angelika ihren Rock aus und schlüpfte in die neue Hose.

„Das sind nur wenige Zentimeter. Ich nähe dir die Beine erst mal um. Später können wir dann den Stoff auslassen, und du kannst die Hose noch lange tragen. Aber du darfst nicht viel dicker werden."

„Die im Westen tragen die Hosen knalleng. Gerti hat mir geschrieben, dass sich die Mädchen mit der Jeans in die Badewanne legen, damit sie dann direkt auf dem Körper trocknet. Ich bin so froh. Kann ich sie Papa zeigen?"

„Papa ist auf einer Versammlung in Prenzlau. Er wird erst heute Abend zurück sein. Ich nähe dir die Hose bis dahin um; dann kannst du sie anziehen und siehst gut aus, wenn Papa nach Hause kommt."

„Kann ich sie morgen schon zur Schule tragen. Die anderen werden staunen."

„Hier, der blaue Beutel. Willst du nicht reinschauen? Das Paket ist ein Geschenk zu deiner Konfirmation. Deswegen solltest du die Hose auch nicht vorher tragen. „

„Tante Lisbeth muss es ja nicht erfahren."

„Nun mach schon den blauen Beutel auf. Ich bin ganz gespannt."

„Weißt du, was drin ist?"

„Tante Elisabeth hat mir nichts geschrieben. Hier ist auch noch eine Glückwunschkarte für dich."

Angelika löste vorsichtig die Kordel. „Oh, schau nur, eine Perlenkette." Sie nahm die Kette aus dem Beutel. Solch eine schöne Kette mit solchen Perlen hatte sie noch nie gesehen.

Sie ergriff die Karte und las:

„Liebe Angelika, herzlichen Glückwunsch zu deiner Konfirmation. Wir hoffen, dass das Paket rechtzeitig bei dir ist. Wir haben es extra früh losgeschickt. Wir wünschen dir und euch allen einen wunderschönen Tag, den du immer in Erinnerung behalten sollst. Hoffentlich gefallen dir die Geschenke. Bei der Jeans sind wir uns ziemlich sicher. Wir haben sie absichtlich länger gekauft, damit du lange was von ihr hast. Die Perlenkette in dem blauen Beutel ist ein Erbstück deiner Großmutter. Deine Mutter hätte sie beim Tod deiner Oma bekommen sollen, aber sie wollte, dass ich sie für dich hier in Hamburg aufbewahre, bis du rüberkommst. Leider sieht es ja nicht so aus, als könnte es in absehbarer Zeit klappen.

Deshalb hat deine Mutter mich gebeten, sie dir jetzt zu deiner Konfirmation zu schicken. Sie ist also nicht mein Geschenk, sondern das Geschenk deiner Mutter. Wir glauben, du wirst damit gut aussehen, und alle werden dich bewundern. Wir würden uns freuen, wenn du uns ein Bild von deiner Konfirmation schicken würdest.

Danke Gott für deinen Glauben und werde ein gutes Gemeindemitglied; sage mutig dein Wort und sei gut zu deinen Eltern und deinen Nächsten. Herzliche Grüße von deiner Tante Elisabeth und allen Hamburgern."

*

Sie hörte die Wohnungstür. Hartwich war zurück. Schneller, als sie ihn erwartet hatte.

„Ich wasche mir eben die Hände, dann komme ich zu dir. Siehst du fern?"

„Ich habe meine Rede für morgen noch mal gelesen, bin im Wohnzimmer."

Zwei Minuten später stand Hartwich neben ihr, gab ihr einen Kuss auf die Wange. Er hatte seine ockergelbe Weste angezogen, machte einen rundum zufriedenen Eindruck. Seine Hände hielt er versteckt hinter dem Rücken.

„Welche Kette wirst du morgen tragen? Wolltest du nicht deinen Typ verändern?"

Angelika war überrascht, dass Hartwich sich für ihre Kette interessierte. Sie erzählte von ihrem Anruf in Bochum, vom Versprechen des Goldschmieds, bis heute zu liefern. „Ich bin enttäuscht. Julia war so von ihm begeistert. Jetzt werde ich meine Perlenkette tragen, die ich zur Konfirmation bekommen habe."

„Musst du nicht!" Hartwich streckte seine zu Fäusten geschlossenen Hände nach vorne. „Rechts oder links."

„Rechts natürlich."

Auf seiner rechten Hand lag ein kleines, quadratisches Päckchen, nicht perfekt verpackt, aber mit einer schönen goldenen Schleife.

„Was ist darin?"

„Meine Überraschung für dich."

Vorsichtig löste sie die Schleife, riss das Papier auf. „Das gibt's doch gar nicht. Hast du mein Paket abgefangen?"

„Ich hatte dieselbe Idee, habe in Bochum angerufen. Der Juwelier hat mir Fotos zugemailt, und ich habe ein Collier für dich ausgesucht. Heute am späten Nachmittag kam es per Express bei uns im Büro an. Markus hat mich gleich angerufen. Nun pack es schon aus!"

Sie öffnete den Deckel der Schatulle, auf der in ansprechender Schrift, edel, aber zurückhaltend „Volker Luerke Goldschmied" zu lesen war, und blickte auf eine Weißgoldkette. Rechteckige kleine weißgoldene Plättchen wechselten mit quadratischen Stückchen ab, ein gefälliges Ensemble.

„Woher hattest du seinen Namen?"

„Du hast Julias Zettel hier liegen lassen. Ein Wink mit dem Zaunpfahl, dachte ich, ein Zeichen. Ich habe alles unter dem Namen von Markus laufen lassen. Komm, ich lege sie dir um den Hals."

Er nahm die Kette der Schatulle, öffnete den Verschluss, stellte sich hinter Angelika und führte sie über den Kopf auf ihre Brust.

Angelika ging in die Diele, wo der große Spiegel hing, und betrachte das schöne Stück. Hartwich folgte ihr. Sie drehte sich zu ihm um, legte ihre Hände um seinen Hals und küsste ihn.

*

Angelika hatte nicht gut geschlafen. Kein Wunder. Dieser Mittwoch würde anstrengend werden. Und herausfordernd.

Hartwich war schon aufgestanden. Es duftete nach Kaffee und Pfefferminztee.

Sie sprang aus dem Bett, zog ihren Bademantel über und ging in die Küche. Ein flüchtiger Kuss.

„Kanzlerinnen küsst man nicht. Jedenfalls nicht um diese Uhrzeit. Fünf Uhr, mitten in der Nacht."

„Das ist die Uhrzeit der hart arbeitenden Menschen."

„Danke, das habe ich verstanden. Ab morgen kannst du dir selbst das Frühstück machen, hart arbeitender Mensch." Er sah ihr mit müden Augen nach, wie sie in Richtung Badezimmer verschwand.

Vor der Tür hatte schon eine dicke Pressemappe gelegen, die er neben dem Teller seiner Frau platziert hatte. In der Küche setzte er sich an den kleinen Frühstückstisch und griff wie jeden Morgen zur Berliner Zeitung.

*

Nach einer halben Stunde kam Angelika wieder zur Tür herein.

Morgens beschränkte sich das Leben auf drei Zimmer. Die Wege mussten kurz sein. Vom Schlafzimmer ins Bad und danach zur Küche. Umso mehr Wert hatten sie beim Kauf der Wohnung auf Wohnzimmer, Essbereich und Terrasse gelegt. Hier wollten sie Großzügigkeit. Überall erkannte man die Handschrift des Architekten.

Hartwich hatte einmal in einem Marriott-Hotel eine Suite bekommen, weil sonst kein Zimmer mehr frei gewesen war. Die Wege waren so lang, dass er zu spät zum Frühstück gekommen war.

„Du siehst ziemlich staatstragend aus und doch nicht steif. Die großen weißen Knöpfe lassen die Jacke frisch wirken."

Auch sie war mit sich zufrieden. Die Frisur saß, die schwarze Jacke mit den weißen Knöpfen stand ihr prächtig, und die Weißgoldkette passte perfekt.

*

Angelika war angespannt, was ihr bisher nicht oft passiert war. Die Einleitung des Bundestagspräsidenten zog sich, erst Hinweise auf die Formalien, Begrüßung eines Staatspräsidenten, der als Gast auf der Tribüne Platz genommen hatte, schließlich Glückwünsche zum Geburtstag mehrerer Abgeordneter. Sie wusste nicht, wohin mit ihren Händen, presste Daumen und Zeigefinger zusammen, so dass die Kraft von einer Körperhälfte in die andere fließen konnte. Danach fühlte sie sich gleich stärker und entspannter. Dann hörte sie ihren Namen, stand auf und ging zum Rednerpult.

„Herr Präsident! Meine sehr geehrten Damen und Herren! Liebe Kolleginnen und Kollegen!"

Sie stellte ihre Rede unter das Leitthema Freiheit, fügte die Gedanken von Solidarität und Toleranz hinzu und betonte die Werte Respekt und Menschlichkeit. Schließlich sprach sie von Nächstenliebe. – Der ein oder andere Zuhörer fragte sich, ob dies das erste Signal für eine weiblichere Führung oder der Hinweis auf das Mädchen aus dem Pastorenhaus wäre.

Schnell kam sie zum nächsten Punkt. Bis die Mauer fiel, habe sie lange Zeit wenig Überraschendes erlebt. „Die größte Überraschung meines Lebens ist die Freiheit." Jetzt wolle sie mit der neuen Koalition überraschen: die

Menschen dieses Landes, das Land selbst. Europa, aber auch die Welt. Vieles sei in der letzten Regierung liegengeblieben. Sie erinnerte an den Satz von Willy Brandt „Mehr Demokratie wagen" und ergänzte: „Lassen Sie uns mehr Freiheit wagen."

Bei der Vorbereitung für diese Rede hatte sie zurückgedacht an ihre Zeit in der DDR. Wie hätte sie damals vorhersehen können, dass sie eines Tages über Europa sprechen würde, als Kanzlerin eines freien, vereinten Deutschlands. – Europa, das sollte ihre zentrale Aussage sein, sei ohne die Unterstützung und das Vertrauen der Bürgerinnen und Bürger nicht möglich. Sie hatte sich den Satz in ihrem Manuskript dick unterstrichen.

Deutschland fühle sich im Blick auf die transatlantische Partnerschaft den Werten Frieden und Freiheit, Demokratie und Rechtsstaatlichkeit, Gerechtigkeit und Toleranz verpflichtet. Man habe das gleiche Verständnis von der Würde des Menschen wie die Staaten der westlichen Welt. Sie schloss mit den Worten:

„Wir haben große Möglichkeiten in diesem Land. Deutschland ist voller Chancen, nach innen und nach außen. Fragen wir deshalb nicht zuerst, was nicht geht oder was schon immer so war; fragen wir zunächst, was geht, und suchen wir nach dem, was noch nie so gemacht wurde. Haben wir den Mut, das dann aber auch wirklich durchzusetzen. Überraschen wir uns also damit, was möglich ist, überraschen wir uns damit, was wir können. Stellen wir unter Beweis, dass wir unser Land gemeinsam nach vorn bringen, mit Mut und Menschlichkeit. Denn Deutschland kann mehr, und ich bin überzeugt, Deutschland kann es schaffen!" ***

*

Der Beifall der Regierungsparteien war groß. Vereinzelt applaudierten auch Vertreter der Opposition. Der Vorsitzende des Auswärtigen Ausschusses, ehrenamtlich auch Vorsitzender der Deutschen Atlantischen Gesellschaft, dachte sofort an die Einführungsreden amerikanischer Präsidenten. Er fand die Rede visionär.

*

Angelika bekam eine Gänsehaut, als sie zu ihrem Sitz, dem ersten auf der Regierungsbank, zurückging. Der neue Regierungssprecher, der in der hintersten Reihe saß, reckte den Daumen der rechten Hand nach oben und zwinkerte ihr zu.

Auf ihrem Platz lag ein Zettel der Landwirtschaftsministerin. „Colliers sind wohlbehalten zu mir zurückgekommen. Meister D hat gut gearbeitet. Du siehst super aus.“

Hoffnung, Mut und Kraft

Er hatte die Terrassentür geöffnet, blickte in den Garten. Ein kleiner Vogel flog in die Hecke; wahrscheinlich baute er dort ein Nest. Immer und immer wieder flog er hinein und hinaus, hinein und hinaus. Zu anderen Bäumen und wieder hinein. Nur die Bewegung der Äste verriet, wo er werkelte.

Volker nahm sich vor, das Efeu an der Weide zu entfernen. Er sorgte sich, dass die Ranken dem Baum die Kraft entzogen, die er jetzt brauchte, um neue Triebe zu treiben. Noch war fast kein Wachsen zu erkennen. Er würde in den nächsten Tagen genau hinsehen, ob sich da etwas tat.

Die abgeschnittene Weide besaß die Form eines Victory-Zeichens. Zwischen ihren beiden Fingern konnte man gut den Himmel sehen und sich auf die Bewegung der Wolken konzentrieren. Wanderten sie von Nord nach Süd oder doch eher von West nach Ost? Der Anblick beruhigte ihn, selbst wenn die Wolken dahinrasten und ihre Form ständig veränderten. Er spürte auch bei sich Veränderung, keine rasende, aber eine Bewegung war deutlich.

Er vermisste die Tauben. Erst wenn die Dämmerung einsetzte, konnte er mit ihrem Erscheinen rechnen. Die Weide war noch zu kahl, als dass große Vögel dort bei Tageslicht wirklich Schutz finden konnten. Sie bot auch nicht genug Deckung zum Bau eines großen Nestes. Immer wieder sah er den kleinen Vogel in die Hecke fliegen. War es eine Meise?

Er brauchte jetzt Musik und legte La Traviata in den CD-Player. „Sempre libera". Er liebte diese Arie. Für immer frei. Frei wie ein Vogel. Hörte er nun die Vögel intensiver zwitschern? Gab es gar einen Wettstreit um die schönsten Töne?

Er betrachtete im Garten des Nachbarn eine alte VfL-Fahne, die am Rand völlig ausgefranst war. Der Herr dort müsste sich eine neue zulegen, sollte der Club von der Castroper Straße tatsächlich aufsteigen. Ein Gesprächsthema beim Metzger war der Aufstieg bereits. Der Seniormetzger erzählte regelmäßig mit Stolz, wenn wieder mal Jürgen, der Co-Trainer des großen deutschen Meisters aus dem Süden der Republik, bei ihm im Laden gewesen war. „Willi, deine Fleischwurst ist die beste in ganz Deutschland!" Der Jürgen war jahrelang an der Castroper Straße aktiv gewesen und mit viel Heimweh nach München gegangen. Dem großen Geld hatte auch er nicht widerstehen können. Für den VfL kam es jetzt auf jedes Spiel an. – Opernbegeistert und fußballverrückt: keine ganz alltägliche Kombination. Es war warm im Zimmer, so dass er einnickte.

*

Als er aufwachte, saß der Täuber wieder auf dem Ast. Er saß und saß, und nichts passierte. Keine Täubin setzte sich zu ihm.

Wie alt mochte die Weide sein? Als sie hier eingezogen waren, gab es sie bereits mit einem ansehnlichen Umfang. Sie hatten überlegt, eine Rundbank um sie herum zu stellen, aber der Baum war bereits zu dick. Hierfür gab es keine passenden Bänke. Alle Bäume bis auf die Linde waren inzwischen grün geworden. Dazu passte die grüne Decke, die er gekauft hatte. Er wollte jetzt noch einen ebenso grünen Sonnenschirm kaufen. Bisher hatte er keinen richtigen gefunden, denn es sollte einer mit Kurbel sein zum Auf- und Zumachen.

Noch war das Wetter zu wechselhaft. Die Sonne ließ sich nur ab und zu durch den eher grauen Himmel blicken. Die Eisheiligen waren weit weg, aber nachts zeigte das Thermometer immer wieder weniger als null Grad. –

Er hatte sie nicht kommen sehen. Jetzt saßen beide Tauben im Baum, plusterten sich auf, neckten sich, schnäbelten und piksten einander liebevoll in den Hals.

*

„Ihnen einen angenehmen und erfolgreichen Tag." Mit diesen Worten beendete die Kanzlerin die wöchentliche Kabinettssitzung.

„Julia, könntest du für eine Viertelstunde mit in mein Büro kommen. Ich brauche deinen Rat?"

Die Landwirtschaftsministerin nickte, wenngleich sie überrascht war. Mit einem kurzen Gruß verließen die beiden Frauen den Konferenzsaal.

Der Weg in Angelikas Büro war nicht weit. Julia Fischer begrüßte Bärbel Brinkkötter beim Betreten des Sekretariats mit einem fröhlichen „Na, BB, geht's gut? Lange nicht gesehen!".

„Frau Brinkkötter, bitte das Päckchen aus Bochum in mein Büro, und kommen Sie auf einen Sprung dazu."

Die drei setzten sich an den großen Besprechungstisch.

„Dein Juwelier aus Bochum hat Wort gehalten und mir drei Colliers zur Ansicht geschickt. Ich hatte zwar vor der Regierungserklärung damit gerechnet, aber nun gut. Bei der Auswahl hätte ich gerne eure Hilfe."

Vorsichtig öffnete die Kanzlerin das Paket. Es enthielt drei graue Schmuckschatullen mit rotem Rand, obenauf mit dem goldenen Schriftzug „Volker Luerke Goldschmied". Angelika musste heftiger ziehen, bis sie den samtenen Schutz, der im Innern auf dem Schmuck lag, zur Seite legen konnte.

Drei Augenpaare schauten auf ein Collier mit schwarzen, roten und gelben Steinen. Eckige, flache Plättchen in Schwarz wurden von gelben und roten Kugeln eingerahmt.

„Eine ausgefallene Kombination." BB reckte den rechten Daumen nach oben.

„Wenn er statt gelber Steine goldene Kugeln genommen hätte, wäre es ein passendes Collier für eine deutsche Bundeskanzlerin." Julia Fischer ließ ihren rechten Daumen in der Horizontalen schweben.

„Mir ist dieses Collier zu unruhig." Die Kanzlerin stellte die Schachtel zur Seite.

In der zweiten Schatulle sahen sechs Augen auf erbsengroße natürliche Perlen, exakt aufgezogen und gut geknüpft. In der Mitte bildete eine fast haselnussgroße mattgoldene Kugel den Blickfang des Schmuckstücks. Die Kugel war nicht glatt poliert, sondern in sich gemustert. Durch wenige Naturperlen getrennt, waren zu beiden Seiten zwei deutlich kleinere Goldkugeln aufgezogen, beide allerdings größer als die Naturperlen.

„Ich bin begeistert. Liebe auf den ersten Blick. Es kommt mir so vor, als habe man meine Konfirmationskette auf eine höhere Wertigkeit gehoben, sie moderner, ansehnlicher gestaltet. Wahrscheinlich ein Einzelstück." Vorsichtig nahm die Kanzlerin das Collier aus dem Kästchen. „Und richtig schwer." Sie ließ die Perlen durch ihre Finger gleiten, fühlte jeden einzelnen Knoten.

„Das ist die ausgefallenste Perlenkette, die ich je gesehen habe." Julia Fischers Stimme überschlug sich vor Freude.

„Schauen Sie nur auf die Schließe. Zwei goldene Plättchen, fast wie Unterlegscheiben von Schrauben. Durch einen schmalen Spalt in dem einen Plättchen lässt sich das andere durchführen und das Collier zumachen." BB juchzte fast, und drei rechte Daumen reckten sich gleichzeitig nach oben.

Angelika legte sich das Collier um. „Julia, kannst du mir bitte helfen."

Die Ministerin ergriff die beiden Plättchen und brachte sie ineinander. „Geht wirklich einfach."

„Die Kette hat genau die richtige Länge für Sie; als ob er Maß genommen hätte. Schauen Sie in den Spiegel." BB öffnete eine Tür des Wandschranks.

„Schöner, als ich erwartet hatte, viel, viel schöner. Die dritte Kette brauche ich mir nicht mehr anzuschauen. Was meinst du?"

„Wenn du sie nicht nimmst, kaufe ich sie."

„Frau Brinkkötter, nehmen Sie bitte Kontakt zu Herrn Luerke auf. Informieren Sie ihn, dass er zwei Colliers zurückbekommt. Das hier behalte ich. Und sagen Sie ihm, ich melde mich bei ihm wegen der Details und um mich zu bedanken."

*

Bei Gesprächen mit dem Bundestagspräsidenten hatte sie das ein oder andere Mal überlegt, ob sie ihn auf den Bochumer Goldschmied ansprechen sollte, aber sie wollte ihn nicht in Verlegenheit bringen. Klaus war kein Mensch, der gern Persönliches von sich preisgab. Sie waren sich insoweit ein wenig ähnlich. Er hatte sie einige Male gefragt, ob sie nicht zu einer Schauspielpremiere nach Bochum oder zumindest ins Ruhrgebiet kommen wolle. Jetzt hatte er speziell zu diesem Thema um einen Termin gebeten. Wenn es denn sein müsste, wäre ihr allerdings eine Oper lieber als ein Schauspiel.

Für sie hatte „das Revier", wie Hartwich immer sagte, keine wirklich guten Opernhäuser, weswegen sie bisher einen Bogen um die ansonsten wohl reiche Kulturlandschaft an der Ruhr geschlagen hatte. Das war deshalb nicht besonders aufgefallen, weil ihr Vorgänger praktisch gar nichts mit Kultur anfangen konnte. „Der Acker", wie er sich gerne nennen ließ, um seine fußballerischen Qualitäten zur Schau zu stellen, hatte sich lieber im Schein von Fernsehgrößen gesonnt, war sogar in öffentlichen Shows aufgetreten, um dort selbst eine Show abzuziehen. Sie hatte ihn um diese sorglose Art das eine oder andere Mal beneidet.

Sie überflog einige der Briefe, die ihr Bärbel Brinkkötter zur Unterschrift vorbereitet hatte, und wartete auf ihren Gast. Eigentlich hätte sie zum Präsidenten gehen müssen, so wie es das Protokoll vorsah. Aber Klaus hielt nicht viel vom Protokoll. Er wollte etwas eher Persönliches von ihr, und deshalb war für ihn klar, dass er zu ihr kommen würde.

Ihre Assistentin hatte eine ausführliche Informationsmappe vorbereitet. Überschrift: „Kulturmetropole Ruhr". Vieles hatte sie bisher nicht gewusst. Klar, das Schauspielhaus Bochum hatte einen gewissen Ruf, auch das Folkwang Museum in Essen. Und irgendwie verband sie Lehmbruck mit Duisburg.

Sie mochte Bildende Kunst. Zu DDR-Zeiten waren sie oft nach Güstrow gefahren, in die Barlach-Stadt. Der schwebende Engel mit dem Kollwitz-Gesicht war ihr von klein auf vertraut. Umso verwunderter war sie gewesen, als sie vor einigen Jahren, kurz nach der Wende, vom Kölner Oberbürgermeister in die Antoniterkirche in der Schildergasse eingeladen worden war und dort der gleiche Engel hing. „Der Schwebende", wie die Plastik offiziell heißt, hatte hier einen ähnlich schönen Platz gefunden wie in Güstrow. Der Trubel der Kölner Innenstadt war kaum zu hören gewesen an diesem stillen Ort. Es waren nicht viele Menschen an jenem frühen Nachmittag in dem Gotteshaus.

Der Oberbürgermeister hatte ihr die Geschichte des Engels geschildert, obwohl sie das meiste natürlich schon wusste. Barlach habe gesagt, in den Engel sei ihm das Gesicht der Kollwitz hineingekommen, ohne dass er es sich vorgenommen habe. Hätte er es gewollt, wäre es ihm wahrscheinlich missglückt. Dies sei der Zweitguss, den Freunde von Barlach anfertigen ließen, weil sie zu Recht die Zerstörung des Güstrower Gusses durch die Nazis befürchteten. Er sei in der Lüneburger Heide versteckt gewesen und Anfang der Fünfzigerjahre der Stadt geschenkt worden. Er finde, so der erste Bürger Kölns, der Schwebende habe hier einen guten Platz gefunden. Manche würden sogar sagen, der Kölner Engel sei das wirkliche Original. Denn Fakt sei, dass das Güstrower Exemplar ein Nachguss des Antoniter Engels sei.

Wenn die Eltern sie in Bonn besuchten, dann hatten sie es sich zur Angewohnheit gemacht, gemeinsam zum Schwebenden in die Antoniterkirche zu gehen und die Ruhe dieses Raumes zu genießen. Beim ersten Kölner Aufenthalt wollten ihre Eltern natürlich auch in den Dom. Doch die Pracht dort, die Opulenz und die Besucherfülle waren nichts für ihre protestantischen Seelen.

Ihr Vater wollte nicht an die Heiligen Drei Könige in ihrem prunkvollen Schrein glauben.

Vor manchen Momenten, in denen sie wichtige, oft schwere Entscheidungen treffen musste, fuhr sie nach Köln und betrachtete den Schwebenden. Als Kind hatte sie sich immer gefragt, wieso die Leute in ihm einen Engel sahen, hatte er doch gar keine Flügel. Heute wusste sie es besser: Engel brauchen keine Flügel.

Gab der Schwebende ihr Hoffnung, so gab ein anderes Kunstwerk in der Kirche ihr Mut und Kraft. Es war, ähnlich minimalistisch wie Barlachs Werk, die viel kleinere Plastik „Fürchtet Euch nicht", eine Bronze von Renate Stendar-Feuerbaum. Zwei aufsteigende Reihen von gesichtslosen Engeln umrahmen die Heilige Familie, hinter der ein einzelner Engel seine Hände ausbreitet.

Tief im Westen

„Der Herr Bundestagspräsident ist da."

„Schön, führen Sie ihn herein. – Klaus, geht es dir gut?"

„Danke, dir selbst auch?"

„Ja, etwas viel los, aber ich habe es ja so gewollt. Frau Brinkkötter hat Kaffee gekocht. Ist das in Ordnung? Du kannst aber auch Pfefferminztee haben."

„Dein Pfefferminztee hat sich längst rumgesprochen. Hartwich hat mir erzählt, du trinkst ihn auch zum Frühstück. Aber danke, Kaffee ist gut, schwarz bitte."

„Gerne! Was trägst du Schweres unter deinem Arm? Wollen wir nicht über die leichte Muse sprechen?"

„Ich will mit dir über Kultur sprechen. Da kann doch ein Buch unter dem Arm nicht schaden."

„Scheint mir etwas dick. Du weißt, ich kann nicht so viel lesen."

„Keine Angst, es sind ganz viele Bilder drin, wenig Text. Es ist ein Buch über die Ruhrtriennale. Du ahnst sicher, worum es geht. Ich will dich nach Bochum einladen, zu einer Premiere bei der Triennale. Ich würde mich freuen und wäre dir dankbar."

„Du kennst doch unseren Geschmack. Meinst du, es wäre was für Hartwich und mich dabei?"

„Da bin ich mir sicher, weil ich in der Tat euren Geschmack kenne, zumindest kulturell. Hier ist die persönliche Einladung des Intendanten. Lies sie selbst." Er überreichte ihr einen Umschlag, auf dem ein Bild mit alten beige-gelblichen Fliesen gedruckt war, offensichtlich in der ehemaligen Waschkaue einer Zeche aufgenommen.

Sie faltete die Karte auseinander, las, was der Intendant handschriftlich geschrieben hatte. „‚Tristan und Isolde‘ bei der Triennale in einer alten Industriehalle. Wie verrückt ist das denn!“

„Nicht verrückt, sondern phantastisch. Schau dir die Mitwirkenden an. Willy Weyer, der derzeitige Intendant, hat Carlos Pereira gewinnen können, Franz Albert und Anja Kemper für die Titelrollen verpflichtet und damit perfekt besetzt. Die Premiere ist am 27. August, nach dem Ende von Bayreuth. Damit fällt für dich eine Entschuldigung weg.“

„Franz Albert ist natürlich eine Klasse für sich. Ich glaube, er hat auch schon in Bayreuth den Tristan gesungen. Er war nach der Wende als ganz junger Mann in Radebeul engagiert.“

„Vom Tristan in Bayreuth weiß ich nichts, aber als Siegfried ist er definitiv aufgetreten. Bekommst du Appetit? Sag ja. Dein Terminkalender ist am 27. abends leer und tags darauf sehr übersichtlich. Man hat es mir verraten, sonst wäre ich nicht persönlich hergekommen.“

„Du bist mit allen Wassern gewaschen. Was Hartwich vorhat, weißt du das auch? Ich muss ihn fragen. ‚Tristan‘ ist sein liebstes Musikdrama. Du könntest Glück haben. Also zu 75 Prozent sind wir dabei.“

„Ihr werdet es nicht bereuen.“

„Du wärest ein leidenschaftlicher Kulturstaatsminister geworden. Aber deine Leidenschaft für Demokratie und Parlamentarismus ist mindestens genauso ausgeprägt. Und als Präsident kommst du viel besser zur Geltung. Aber das wolltest du ja auch. Noch einen Kaffee?“

„Nein, danke.“

„Können wir noch kurz über ein anderes Thema sprechen. Ich hätte gerne deinen Rat. – Es geht um meinen

Vorgänger. Er will in die Industrie und dabei viel Geld verdienen."

„Dafür brauchst du meinen Rat?! Das machen doch ganz viele aus allen Parteien auch."

„Aber nicht, wenn es sich um ein russisches Staatsunternehmen handelt."

„Waffen oder Energie? – Der alte Schwede! Ich kann es nicht glauben. Benötigt er hierzu eine besondere Genehmigung?"

„Ich denke nicht. Er sucht meine Nähe, vielleicht braucht er mich. Er will sichergehen, dass ich ihn nicht angreife oder seine Partei. Es könnte aber eine gute Gelegenheit hierzu beim nächsten Wahlkampf geben. Je nachdem wie sich die Beziehungen zu Russland entwickeln."

„Er wird es sowieso machen. Seine Genossen werden ihn sich dann schon zur Brust nehmen. Will er an Russlands Seite punkten? Das werden keine Pluspunkte sein. Halt dich fern, stärke ihm auf keinen Fall den Rücken."

„Dann sind wir wieder mal einer Meinung. Was macht deine Ruhrgebietspartei?"

„Darüber zu berichten, würde deine Zeit überstrapazieren. Ich will noch mal für eine Amtszeit kandidieren, aber danach ist Schluss."

„Hast du schon eine Nachfolge für den Ruhrgebietsvorsitz ins Auge gefasst?"

„Ins Auge gefasst schon, aber noch keinen Namen in den Mund genommen. Du kannst gerne deine Ohren offenhalten. Vielleicht brauche ich deine Unterstützung. Ich melde mich rechtzeitig."

„Danke für deine Einladung, danke für deinen Rat. Mach es gut und liebe Grüße an deine Frau."

„Ich werde dem Intendanten von unserem Gespräch berichten. Grüße bitte auch Hartwich herzlich!"

Beim Hinausgehen begegnete der Bundestagspräsident dem Regierungssprecher „Herr Präsident, Sie hier?", fragte dieser überrascht, zwinkerte mit dem linken Auge und zog die rechte Braue hoch.

*

Museler kannte sich aus. Er bog auf ein Gelände ein, über dessen Zufahrt ein riesiges rostiges Rohr verlief, das abgeschnitten in der Luft hing. Kein schönes Eingangstor für ein Festival und kein Vergleich zum Grünen Hügel in Bayreuth oder zur Franziskanergasse in Salzburg. Nichts deutete auf Festspiele hin. Keine Fahne, kein Plakat, kein Hinweisschild.

Ein Wächter mit gelber Weste hielt den Fahrzeugkonvoi an, blickte auf zwei verknitterte Blätter, um nachzusehen, ob die Kanzlerin passieren durfte. – Sie durfte.

Es ging ziemlich steil eine schmale Straße hinauf. Viele Premierengäste liefen zu Fuß. Links ein Glockenspiel, das fast wie ein auf den Kopf gestellter Weihnachtsbaum aussah.

*

Sie hatte vor diesem ersten Besuch viel über Bochum gelesen. Der Glockenguss hatte dort eine lange Tradition, doch inzwischen wurde nicht mehr gegossen. Die Stadt hatte ein Buch im Wappen, da musste sie eine Kulturstadt sein. Erst kürzlich war die Entscheidung für Essen und das Ruhrgebiet als Europäische Kulturhauptstadt gefallen. Deshalb kam ihrem Aufenthalt eine besondere Bedeutung zu. Endlich, so hatte Klaus gesagt, bekommt die Kulturmetropole Ruhr die Anerkennung, die sie verdient habe. Ob er dies bei seiner Einladung in Betracht gezogen hatte? Gesagt hatte er dazu nichts, aber sie war sich ziemlich sicher, dass er daran gedacht hatte. Ihr Besuch in dieser alten Stahlhalle würde ein besonderes Schlaglicht auf die Industriekultur werfen.

Auf dem Gelände war augenscheinlich noch viel zu tun. Zur Rechten erstreckten sich dreckige Fabrikmauern, ein heruntergekommenes Bahnwärterhaus stand einsam und verfallen mitten in der Landschaft. Einige alte Bürogebäude aus Stahlwerkszeiten hatten ihre besten Jahre lange hinter sich. Welch ein Gegensatz zu Bayreuth, wo sie am Tag zuvor gewesen war.

Die zu Fuß gehenden Besucher machten meist Platz, sobald sie die Wagenkolonne bemerkten. Fast alle schauten neugierig ins Auto, konnten aber wegen der getönten Scheiben nichts erkennen. Eine alte Dame bekam nicht mit, dass hinter ihr große Limousinen das Tempo drosseln mussten. Bevor Museler auf sich aufmerksam machen musste, hatten sie das Plateau erreicht.

Ein großer Platz, der schon gut mit Menschen gefüllt war, lag vor ihnen. Dahinter ein riesiges, gut hundert Meter langes Gebäude, vor das ein neues aus Glas und Stahl als Foyer gesetzt worden war. Angezogen wurde der Blick von einem gigantischen futuristischen Vordach, das sich über die gesamte Länge erstreckte. An der Ecke des Foyers stand Klaus.

„Halten Sie am besten dort, Herr Museler. Da vorne sehe ich den Präsidenten."

Neben Klaus stand eine kleine Frau mit wuscheligem Haar. Sie unterhielt sich mit Bettina, der Frau von Klaus. Der sprach mit einem Mann, dessen dichtes graues Haar sofort ins Auge fiel. Jetzt hatten Klaus und Bettina ihr Kommen bemerkt und gingen ihnen entgegen.

Klaus Kampelmann war regelmäßig über die Liste seiner Partei in den Bundestag eingezogen. Nie hatte er den
sozialdemokratischen Kandidaten in Bochum besiegen
können. Er war seit fast 30 Jahren im Parlament und seit
der letzten Wahl dessen Präsident. Seine Frau kannte er
aus Zeiten in der Jungen Union.

Erleichtert stellte die Kanzlerin fest, dass wirklich niemand Abendgarderobe trug. Das Büro von Klaus hatte
ausrichten lassen, die Ruhrtriennale zeichne sich insgesamt durch Sachlichkeit aus. Abendkleider und Smo-
king seien nicht nur nicht nötig, sondern sogar fehl am
Platze. So hatte sie sich bewusst normal gekleidet, trug
eine schwarze Hose, eine hellgrüne Jacke, darunter ein
weißes Shirt. Bei der Kette hatte sie allerdings nicht auf
Eleganz verzichtet.

„Willkommen in Bochum. Mein Name ist Lieselotte
Schütz. Ich bin die Oberbürgermeisterin dieser schönen
Stadt. Wir freuen uns, dass Sie zu uns gekommen sind,
in die Europäische Kulturhauptstadt." Sie reichte ihr
und Hartwich die Hand.

„Wir freuen uns hier zu sein. Ein eindrucksvolles Gebäude. Wann ist es erweitert worden?"

„Vor knapp drei Jahren. Ein Düsseldorfer Architekt
hat es geplant. Ein schwieriges Unterfangen, denn die
alte Jahrhunderthalle steht unter Denkmalschutz. Jetzt
sind wir alle glücklich, dass wir es gemeinsam geschafft
haben."

„Es ist Ihnen wirklich gut gelungen."

„Darf ich Ihnen den Intendanten vorstellen, Willy
Weyer. Ich weiß nicht, ob Sie sich kennen?"

„Nein, wir hatten bisher keine Gelegenheit. Wir sind
sehr gespannt auf den Abend, Herr Intendant. Wagner
hatten wir an der Ruhr nicht erwartet."

„Und ich bin gespannt, wie Ihnen meine Inszenierung gefällt. Ihr beider Urteil wird mir sehr viel bedeuten, weiß ich doch, dass Sie Wagner-Experten sind. Sie kommen direkt aus Bayreuth?"

„Ich bin ein Freund Wagner'scher Musik. Der größere Kenner ist aber mein Mann."

„Ich liebe ‚Tristan und Isolde' und freue mich auf Herrn Albert in der Titelrolle." Hartwich sagte das mit einem gewissen Stolz in der Brust.

„Bundestagspräsident Kampelmann und seine Gattin kennen Sie ja; die muss ich Ihnen also nicht vorstellen." Die Oberbürgermeisterin wusste nicht, wo sie ihre Hände lassen sollte.

„Liebe Angelika, lieber Hartwich, vom Grünen Hügel zum stählernen Hügel. Schön, dass ihr da seid." Klaus strahlte und reichte den Gästen die Hand.

Bettina ging auf die beiden zu, gab Angelika einen Kuss rechts und links auf die Wange und flüsterte: „Kaufst du deine Ketten in Bochum?" Sie streifte ihre Jacke ein wenig zur Seite, und die Kanzlerin blickte auf ein Collier, das fast aussah wie eine Kopie von dem, das sie selbst trug, ihre Bochumer Perlenkette mit den mattgoldenen Kugeln. Bettinas Kette besaß statt der drei Kugeln nur eine, allerdings deutlich größere goldene.

„Ach, mein Gott, wie peinlich." Die Kanzlerin griff an ihre Kette. „Vor längerer Zeit hat Julia Fischer mir Colliers von Herrn Luerke gezeigt. Dies ist eine meiner beiden Ketten aus Bochum. Ich habe immer vergessen, Klaus zu fragen, ob er den Goldschmied vielleicht kennt. Jetzt weiß ich es."

„Ich werde gleich auf der Toilette meine Kette abnehmen. Mir macht das nichts aus, und bisher dürfte es niemandem aufgefallen sein, dass wir den fast gleichen

Schmuck tragen. Ich halte meine Jacke bis dahin geschlossen. Kennst du Herrn Luerke denn persönlich?"

„Nein, wir hatten bisher nur schriftlichen oder tele-
fonischen Kontakt. Er hat am Telefon eine wunderbar
sympathische Stimme."

„Mit einem erotischen Timbre, wie ich meine. Und er
ist auch als Person sympathisch, ein toller Mann. Normalerweise ist er bei solchen Veranstaltungen wie heute
immer dabei. Wenn ich ihn sehe, sage ich dir Bescheid.
Dann stelle ich ihn dir vor."

„Du bist ein Schatz."

Sie drückten sich so fest, dass Hartwich und Klaus sich
amüsierten, die Oberbürgermeisterin ihre Augenbrauen
nach oben reckte und ihren Kopf abwandte.

„Wir sollten reingehen. Die Glocke, eine Bochumer
Gussstahlglocke, hat schon geläutet. Hier ist es üblich,
gemeinsam anzustehen, also nicht zuerst oder zuletzt." –
Ein aufmerksamer Zuhörer hätte glatt meinen können,
Klaus spräche ins Plenum des Parlaments.

„Basisdemokratisch oder sozialdemokratisch, Herr
Präsident?"

„Weder noch. Einfach Ruhrgebiet. Unter Tage werden
alle schwarz, ob Bergmann oder Beamter."

„Ein schönes Wortspiel für einen Konservativen."

Die beiden Paare und die Oberbürgermeisterin folg-
ten dem Intendanten. Das Premierenpublikum machte
Platz, manche grüßten, fast alle lächelten. „Willkommen
in Bochum." – „Schön, Sie zu sehen." – „Guten Abend,
Frau Bundeskanzlerin."

Sie war erfreut über das herzliche Willkommen, hatte
den Eindruck, dass die Menschen ein wenig stolz waren,
gemeinsam mit der Kanzlerin dieselbe Aufführung zu
besuchen.

„Wollen wir uns kurz frischmachen?", flüsterte Bettina. „Ich folge dir."

Die Sicherheitsleute kamen ins Schwitzen. Einer wischte nervös mit der Hand über die Stirn. Gut, dass immer eine Frau dabei war, welche die beiden jetzt auch in den Toilettenbereich begleiten konnte.

Gemeinsam gingen sie die Treppe hinunter. Es war recht leer in dem riesigen Raum, war er doch ausschließlich als Garderobe und als Vorraum zum Toilettenbereich konzipiert, und kaum einer hatte an diesem warmen Tag einen Mantel abzugeben. Nur eine ältere Dame stand an der Garderobe; die meisten hatten schon ihre Plätze eingenommen.

Fast unten angekommen, kam ein modisch gekleideter Herr mittleren Alters die gegenüberliegende Treppe herunter.

„Herr Luerke, guten Abend. Ist das Zufall oder Absicht? Angelika, das ist unser Goldschmied. – Wir haben gerade eben über Sie gesprochen."

„Guten Abend, Frau Bundeskanzlerin, guten Abend Frau Kampelmann. Ja, Ich hatte es befürchtet."

„Was?"

„Na ja …"

„Was denn?"

„Na ja, dass Sie beide heute Abend die von mir gefertigten Colliers tragen. Ich habe Sie, Frau Bundeskanzlerin, gestern in Bayreuth mit diesem Collier gesehen. Und von Frau Kampelmann wusste ich … Dann habe ich eins und eins zusammengezählt."

„Wir werden die heikle Situation lösen. Ich werde jetzt meine Kette auf der Toilette abnehmen." Bettina umfasste ihr Collier, als wollte sie es schon im Garderobenbereich ablegen.

„Sie brauchen nicht ohne Schmuck in die Halle gehen. Ich habe ein weiteres Collier mitgebracht."

„Herr Luerke, Sie überraschen mich. Darauf muss man erst einmal kommen. Wir stehen in Ihrer Schuld, danke." Bettina Kampelmann beugte sich ein wenig nach vorne und breitete ihre Arme aus.

„Hier im Kästchen …"

„Ich bringe das Collier im Laufe der Woche zurück, einverstanden." Bettina öffnete das Kästchen und ließ Angelika hineinschauen. „Kein schlechter Tausch!"

„Bettina, kommen Sie vorbei, wann immer Sie Zeit haben und in der Stadt sind. Ich wünsche uns allen eine interessante Aufführung und Ihnen einen schönen Abend. – Die Einladung, in meinem Geschäft vorbeizuschauen, die gilt natürlich auch für Sie, Frau Bundeskanzlerin."

„Danke, ich denke darüber nach. Sehen wir uns gleich beim Empfang?"

Der Goldschmied schüttelte den Kopf. „Man braucht eine Einladung."

„Können wir Herrn Luerke nicht hinzubitten? Ich würde gern mehr über seine Arbeit erfahren."

„Ich spreche mit dem Intendanten."

＊

„Ich habe ihn mir anders vorgestellt. Gesetzter, seriöser. Er sieht richtig gut aus und ist genauso nett, wie er am Telefon wirkte. Wir haben gut gewählt."

Als die beiden Frauen die große Halle betraten, ertönte Applaus von den Rängen.

Wundersame Stimmung

Der Deutsche Bergbautag war eine gute Gelegenheit, wieder einen Termin im Ruhrgebiet wahrzunehmen. Sie hatte sich fest vorgenommen, nicht lange auf der Veranstaltung zu bleiben, wollte nach Bochum, um sich endlich die Goldschmiedewerkstatt anzusehen, in der ihre Colliers entstanden waren.

Volker Luerke hatte sie am Ende des Premierenempfangs von „Tristan und Isolde" noch einmal eingeladen, sich ein eigenes Bild von seinem Geschäft und seiner Werkstatt zu machen.

Bettina war mit einem wunderschönen Goldreif und einem goldenen Anhänger in Form eines stilisierten Gesichts zurückgekommen, hatte ihren Hals ganz lang gemacht und war mit ihr in die Halle gegangen. Zunächst war sie enttäuscht gewesen von der fast klassischen Opernhaussituation mit einer Art Orchestergraben und einer verhängten Bühne. Doch als die Aufführung begann, wich der Vorhang und gab einen einzigartigen Blick frei, den man in keiner Oper der Welt sonst hätte haben können: auf zwei riesige weiße Flächen, die im Laufe des Abends unablässig in Bewegung gehalten wurden. Die Dimensionen sprengten alle klassischen Möglichkeiten. Ständig wechselten die Bilder, entwickelten sich neue Raumsituationen, überwältigten die Augen mal ganz weit auseinander, mal erdrückend eng, mal schräg, mal rechtwinklig. Wirklich alles, alles schien machbar. Schier endlose Möglichkeiten. Und doch stand die Musik im Mittelpunkt.

Sie selbst fand die Schlussszene am eindrucksvollsten. Isoldes Liebestod kam ihr ganz im Wagner'schen Verständnis wie eine Verklärung vor. Isolde stand allein und einsam am Rand der einen weißen Fläche, während von oben die zweite Fläche sich mehr und mehr auf sie herabsenkte. Unwillkürlich hielt sie den Atem an, musste man doch befürchten, Isolde würde erdrückt. Ein einmalig grandioses Schlussbild zu einer einzigartigen Musik.

Auch Hartwich war begeistert. Von Carlos Pereira und den Musikern, die als „Ruhr Philharmoniker" erstmals für diese Inszenierung zusammenspielten. Er war, ganz entgegen seiner Gewohnheit, als einer der Ersten aufgestanden, förmlich aufgesprungen. Angelika hatte ihren Mann noch nie so intensiv Bravo rufen hören wie an diesem Abend in Bochum. Frenetischer Beifall war wellenförmig durch die Halle geströmt. Stehende Ovationen, denen sich lediglich Klaus nur verhalten anschloss. Fast wirkte er gelangweilt. Alle anderen waren völlig gelöst. Eine wundersame Stimmung zu dieser fast mitternächtlichen Stunde.

Hartwich schwärmte, redete während des Empfangs auf den Intendanten ein, gestikulierte. Er war nicht wiederzuerkennen. Kaum nahm er wahr, dass seine Frau ihn mit Volker Luerke bekannt machte, den Bettina an ihren Tisch geholt hatte, ganz entgegen der Tischordnung. Die Stimmung beim Premierenempfang in der ehemaligen Turbinenhalle war unverkrampft, ja locker, und ein festes Protokoll schien es hier ohnehin nicht zu geben. Die Kulturministerin hielt zu Beginn des Empfangs eine kurze, launige Rede, die von viel Sachkenntnis zeugte und auch von viel Liebe zur Kultur. Ein Glücksgriff für diese Regierung an Rhein und Ruhr. Der örtliche Bundestagsabgeordnete war nicht erschienen.

Als sie Herrn Luerke erzählte, dass sie von ihrem Mann ebenfalls ein Collier aus seiner Werkstatt geschenkt bekommen habe, schaute er verwundert. Sie klärte ihn über die ausgedachte Geschichte auf, und er erinnerte sich. Sie beschrieb ihre Konfirmationskette und einige einfache Ketten, die sie sich im Laufe der Jugendzeit gekauft hatte. „Die hätten Sie sicher nicht als Colliers bezeichnet."

Bevor sie aufbrachen, hatte sich Hartwich überschwänglich bei Klaus und dem Intendanten bedankt. Diesem versicherte er, es sei die beeindruckendste „Tristan"-Aufführung gewesen, die er je gesehen habe.

Ähnlich lauteten auch die Schlagzeilen der nächsten Tage. Die Rheinische Post sprach von einem sensationellen Schlussbild, dpa von einer fulminanten Auftakt-Premiere. In einer Regionalzeitung konnte man lesen, so grandios inszeniert, gesungen und musiziert wie bei der Ruhrtriennale sei Richard Wagners „Tristan und Isolde" nicht oft zu erleben.

Welch frischer Duft!

Sie hatte sich nicht angemeldet. Museler war natürlich eingeweiht worden, denn sie wusste, dass von ihrem Fahrer niemand etwas erfahren würde.

Volker Luerke hatte ihr am Ende des Empfangs den Weg zu seiner Werkstatt beschrieben, mitten in der Bochumer Innenstadt, ganz nahe am Bahnhof gelegen, und Museler hatte sich wegen der Örtlichkeiten bereits informiert. Das kleine Geschäft liege in der Fußgängerzone. Wenn man keine Aufmerksamkeit erregen wolle, müsse man etwas abseits parken, aber nicht allzu weit entfernt. Sie wollte bei dem Gang durch die Innenstadt nur zwei Sicherheitsleute dabeihaben und im Geschäft völlig allein sein.

„Frau Bundeskanzlerin", meldete sich Museler und blickte sie im Rückspiegel an, „gut, dass Sie keine feste Zeit vereinbart haben. Die Strecke zwischen Essen und Bochum ist ein einziger Stau, von Ruhrschnellweg keine Rede. Wir wählen jetzt eine andere, eine innerstädtische Route. Da kommen wir wahrscheinlich gut, wenn auch langsamer weiter."

Angelika schaltete den kleinen Bildschirm vor sich ein, nahm sich ein Wasser aus dem Kühlschrank und stellte die Flasche auf den Tisch zwischen den Sitzen. „Ist schon in Ordnung, Herr Museler. Ich habe mir Zeit genommen."

Sie schaute auf einen beeindruckenden hohen, runden Turm hinter ganz normalen Bürogebäuden. Von dem musste sie Hartwich erzählen. Davor eine Plastik, die offensichtlich dem Bergbau zuzuordnen war. Weiter ging es durch typische Vorstadtsiedlungen, wie man sie auch in der Hauptstadt kannte. Was fehlte, waren die massigen Blocks, die in Berlin manche Stadtteile dominieren. Unvermittelt änderte sich das Bild. Sie fuhren über einen Höhenrücken auf einer vollständig unbebauten wunderbaren Baumallee.

„Da drüben links, das müsste die Schalke Arena sein. Sieht jedenfalls so aus wie im Fernsehen." Muselers Stimme klang etwas herablassend. Man merkte ihm an, dass er kein Fan dieses Vereins war.

„Sind wir schon in Bochum?"

„Noch nicht. Dort links, das ist Gelsenkirchen, und in hundert Metern beginnt Bochum mit Wattenscheid. Die Wattenscheider spielten vor Jahren mal in der ersten Bundesliga. Ich glaube, die waren besser als Bochum."

„Zu Wattenscheid hat mir der Bundestagspräsident eine schöne Geschichte erzählt. Als die Stadt in den Siebzigerjahren eingemeindet wurde, hat sich ein hier ansässiger Modefürst geweigert, ein Bochumer Nummernschild an seinem Auto zu haben. Er hat lieber ein Essener Kennzeichen genommen. Verrückt, nicht?"

Die Straße verlief weiter geradeaus. Jetzt rückte die Bebauung wieder heran, ein großes Blumencenter, eine Kirche, die so gar nicht ins Ruhrgebiet zu passen schien, deren Turm auf undefinierbare Weise bayerisch wirkte. Dann plötzlich ein freier Blick auf die Bochumer Innenstadt. Sie sah viele Kirchtürme, wenige Hochhäuser, einen einzelnen Förderturm.

„In zehn Minuten sind wir an Ort und Stelle."

Vorbei ging es an alten Fabrikhallen, die bis zum Straßenrand gebaut waren, sowie neuen Hotelbauten, und Minuten später lenkte Museler den großen Wagen mit viel Geschick in eine Parklücke. Dem Auto waren die 600 PS ebenso wenig anzusehen wie die gepanzerte Hülle, die unter dem Lack verbaut war. Sie standen im Schatten eines alten wuchtigen Kirchturms.

„Wir sind da. Frau Ehlert und Herr Wuttke kennen den Weg. Sie haben mit dem Begleitfahrzeug ebenfalls eine Parkmöglichkeit gefunden.“

Die Bundeskanzlerin setzte sich eine Brille mit dickem Rand sowie eine rote Baseballkappe auf, zog diese tief in die Stirn und stieg aus. Sie überlegte kurz, die Kirche zu besichtigen, doch das könnte sie auch noch später machen. Das Gotteshaus hatte einen goldenen Engel als Dachreiter auf der hinteren Spitze.

Sie folgte Frau Ehlert, während Herr Wuttke einige Schritte hinter ihr ging, schlenderte quer durch eine breite Fußgängerstraße und passierte einen kleinen Blumenladen. Da hob Frau Ehlert ihren Arm und zeigte geradeaus.

„Goldschmiede Volker Luerke“. Die Kanzlerin hielt inne. Sollte sie jetzt ihre Kappe abnehmen? Aber es waren viele Fußgänger unterwegs. Sie schaute in die nächste Auslage, prüfte in der Fensterscheibe ihr Aussehen. Was, wenn der Juwelier nicht im Laden war? Ein kleines Mädchen kam mit einem Eis auf sie zugelaufen. Jetzt nur nicht bekleckern lassen. Ihre Schritte verloren an Schwung. Tat sie das Richtige?

Schließlich hatte sie ihr Ziel erreicht und blickte ins Schaufenster. Darin lagen gelbgoldene Colliers neben Ringen und Broschen und dem stilisierten Gesicht, das Bettina von Herrn Luerke als Ersatz bekommen hatte. Eine dünne blassblaue Kette mit winzigen Steinen war ein echter Hingucker. Es dürften Aquamarinsteine sein, vermutete sie.

Der Laden war leer, sehr klein und leicht überschaubar. Um ins Geschäft zu kommen, musste man klingeln. Das tat sie und wartete. – Wie würde Herr Luerke reagieren? Hatte er die Einladung ernst gemeint? Würde er auch im Alltag so gut gekleidet sein wie zur Premiere?

*

Volker Luerke kam die Wendeltreppe herauf, hielt hinter dem hölzernen Raumteiler inne, schaute auf den Eingang. Die Frau vor der Tür wirkte nicht gerade vertrauenswürdig. Könnte es vielleicht gefährlich sein, die Tür zu öffnen? Sie hatte ihn wohl noch nicht gesehen. Sollte er zurückgehen, sie so lange warten lassen, bis sie wieder verschwand? Was trug die nur für eine fürchterliche schmuddelige Kappe. Und dann noch diese Nana-Mouskouri-Brille. Aber man sollte Menschen ja nicht nach ihrem Aussehen beurteilen.

Er trat aus dem Dunkel ins Licht, und während er aufschloss, nahm die Frau die Brille ab. „Frau Bundeskanzlerin, sind Sie es wirklich? Welch Überraschung. Welch Ehre. Treten Sie ein. Willkommen in meinem Reich."

Angelikas Zweifel waren mit einem Schlag verschwunden. Dieses herzliche, offene Lachen, diese begeisterte, euphorische Begrüßung. Sie wusste sofort, sie hatte sich zu Recht auf den Weg gemacht. „Ein schönes Reich haben Sie. Klein, aber fein. Bin ich froh, ohne Aufsehen hierhergekommen zu sein. Ich war auf einer Veranstaltung in Essen, konnte mich aber frühzeitig verabschieden. Verzeihen Sie, dass ich Sie nicht vorab informiert habe. Ich denke, ohne Rummel ist es besser."

„Ich freue mich riesig, dass Sie sich an meine Einladung erinnert haben. Möchten Sie einen Kaffee, einen Tee?"

„Haben Sie Pfefferminztee?"

„Soll ich die Fenster verdunkeln?"

„Nein, lassen Sie nur, sonst funkelt es nicht mehr so schön."

„Bin gleich wieder zurück."

Lockeren Schrittes ging er zur leicht gewendelten Treppe. Er trug eine blaue, eng sitzende Jeans, ein auf Taille genähtes weißes Hemd, lächelte sie von der Treppe aus an. Er hatte sich so eine Juwelierbrille mit den beiden Lupen aufgesetzt und locker in seine dunklen Haare geschoben, in denen sich erste graue Strähnen zeigten. Hatte er bei der Premiere einen Dreitagebart gehabt?

Sie schaute in die Vitrinen, die überall in dem kleinen Raum verteilt waren, betrachtete den Tisch, der wohl als Werkstatt diente. Sollten auf dieser kleinen Platte diese wunderbaren Colliers entstanden sein? Was lag da alles herum? War das noch Ordnung oder schon Unordnung? An der Wand hingen Skizzen von Schmuckstücken, Anhängern und Ohrringen, runde, viereckige, mit und ohne Steine. Auf einem Zeichenblatt waren mehrere Glieder einer Kette zu erkennen, die auf zauberhafte Art und Weise zusammen und auf Abstand gehalten wurden. Zwei Tischleuchten sorgten von rechts und links für ein wohliges Licht, leuchteten die Arbeitsfläche perfekt aus. Ein Messstab, wohl zur Ermittlung der Ringgrößen, lag quer über der Arbeitsfläche. Ein Ring mit einem großen Amethyst war dort aufgesteckt. Der kleine Schraubstock schien fest mit dem Tisch verbunden zu sein.

Über der Arbeitsplatte lag ein frischer Duft. War es Grapefruit? Sicher auch Minze. Diesen Duft kannte sie. Welches Parfum mochte er benutzen? An einem Bunsenbrenner loderte eine kleine Flamme. Hinten an der Wand lagen ein Hammer und ein Dorn, davor mehrere unterschiedlich große grobe und feine Feilen, ein unscheinbares Feuerzeug. Von wie viel Arbeit zeugten diese Werkzeuge! Die feinen Finger von Herrn Luerke, die ihr bei der Premierenfeier sofort aufgefallen waren, hatten nicht darauf schließen lassen, dass er solche Werkzeuge benutzen konnte, um wunderbaren Schmuck zu erschaffen. Angelika stellte sich vor, wie diese Finger ihr ein glitzerndes Collier um den Hals legten und dabei ihre Schultern sanft berührten. Sie beschloss, sich eine weitere Kette zu gönnen. – Plötzlich stand er neben ihr, hatte eine rote Teetasse in der Hand.

Er kannte diesen besonderen Augenausdruck im Gesicht von Frauen, wenn ihnen etwas besonders gefiel. „Ihre Augen funkeln schöner als meine Edelsteine." Von ihren Augen wanderte sein Blick weiter. Die Kanzlerin war viel schlanker, als sie im Fernsehen wirkte. Bei der Premiere war ihm dies nicht aufgefallen. Ihre Jacken versteckten die perfekten Formen ihres Körpers. „Mögen Sie Rot?"

Warum meinten alle, sie könne Rot nicht ausstehen. Als ob die Farbe einer Partei entscheidend für die Liebe zu einer Farbe sei. „Rot mag ich sehr."

„Dann schauen Sie hier." Er stellte die Teetasse vorsichtig auf der Glasplatte der Theke ab und griff in eine der Vitrinen. „Das ist ein Karneol und 585er Gold. Zurzeit mein schönstes Stück. Zusammen mit diesem Goldreifen ein wunderschönes Collier, in dem Rot dominiert."

„Und ein Angebot an meinen Koalitionspartner."

„Also doch eine politische Farbe für Sie?"

„Es ist wunderschön. Dazu ein schwarzer Blazer. Das würde elegant aussehen."

„Wenn ich es sagen darf: Das Collier ist wie für Sie gemacht."

„Ich nehme es. Packen Sie es mir bitte ein."

„Wollen Sie es nicht gleich anlegen? – Darf ich?" Er stellte sich hinter sie, ergriff mit seiner rechten Hand vorsichtig das Collier und legte es Angelika um den Hals. Dabei strich er mit seinen feinen Fingern ganz sanft über ihre Schulter, damit das gute Stück passgenau saß. „Schauen Sie in den Spiegel und sehen Sie selbst. Ein Traum."

Angelika drehte sich ein wenig zur Seite. Ein Schauer lief ihr über den Rücken. Bemerkte er die leichte Röte in ihrem Gesicht? Sie musste sich ablenken. – Ihr Blick wanderte hinüber zu den Vitrinen, die an den Wänden standen, und in die Auslage der kleinen Theke. „Ich hatte mir ihre Werkstatt viel größer vorgestellt."

„Dies ist meine Alltagswerkstatt. Hier repariere ich Schmuckstücke, erledige kleinere Lötarbeiten und Ähnliches. Meine eigentliche Werkstatt ist bei mir zu Hause. Dort habe ich die besten Ideen; deshalb nenne ich sie Kreativwerkstatt. Dort entstehen die Werkstücke meiner Kollektion. Wenn Sie Zeit haben, schauen Sie einfach mal vorbei. Dies ist wieder eine Einladung."

Sie merkte, wie ihre Neugier wuchs. Auf die Schmuckstücke, aber auch darauf, diesen Mann wiederzusehen. Bettina Kampelmann hatte ihr erzählt, dass er vor einiger Zeit seine Frau verloren hatte. „Das wird sich gelegentlich einrichten lassen, auch wenn es etwas dauern dürfte. Ich werde mich dann aber anmelden."

Im Herzen der Sozialdemokratie

Es war selbstverständlich, dass die Vorsitzende des Koalitionspartners zum Hoffest der Sozialdemokraten eingeladen wurde. Und ebenso selbstverständlich war es für Angelika Hermes, diese Einladung anzunehmen. Das herbstliche Fest fand im Hof der Parteizentrale statt. Es sollte dabei, so war zwischen den Generalsekretären verabredet, auch zu einem Zusammentreffen mit ihrem Vorgänger kommen. Dem ersten seit der Amtsübergabe, die ja inzwischen recht lange zurücklag. Offensichtlich legten die Genossen Wert auf gute Presse für den ehemaligen Kanzler. Dessen Beliebtheitswerte waren in den Keller gerutscht, nachdem bekannt geworden war, dass ihn sein russischer Freund in den Aufsichtsrat eines großen Staatsunternehmens berufen hatte, wofür es viele Rubel in Russland, aber wenig Verständnis in Deutschland gab.

Am Eingang des Gebäudes begrüßte sie der Vizekanzler, zu dem sie ein hervorragendes Verhältnis aufgebaut hatte. Er führte sie durch die verschiedenen Gänge und Räume. Der ehemalige Verteidigungsminister winkte ihr freundschaftlich zu, während die Vorsitzende der sozialdemokratischen Frauen erkennbar ihren Kopf abwandte.

„Lassen Sie uns in den Hof gehen; da ist es bei diesem Wetter sehr angenehm."

Man konnte dem Vizekanzler seine Zufriedenheit anhören. In solchen Situationen kam sein Sauerländer Tonfall wunderbar zum Tragen. Er wippte beim Gehen und wirkte sehr locker.

„Ich würde Ihnen gerne einen Platz am Ehrentisch anbieten. Sicher wissen Sie, dass auch Ihr Vorgänger anwesend ist."

„Ja, ich freue mich, ihn nach so langer Zeit wiederzusehen."

Als sie an den Tisch trat, standen die Anwesenden auf. Neben dem Altkanzler erkannte sie zwei seiner ehemaligen Minister. Sie hob die Arme und führte die Hände wie zum Gebet zusammen. „Ich mach mal so. Ganz um den Tisch rum schaff ich es nicht."

Sie setzte sich neben den gut gelaunt wirkenden Altkanzler, der, sie nahm deutlich die geröteten Wangen wahr, dem Rotwein bereits intensiv zugesprochen hatte.

„Herzlich willkommen im Herzen der Sozialdemokratie. Schön, dass Sie sich die Zeit nehmen."

„Gerne. Ich hörte, Sie sind auch hier ein eher seltener Gast geworden."

Sie strahlte ihr schönstes Lächeln, hob ein Weißweinglas und schaute dem Kanzler früherer Tage mit festem Blick in die Augen. Viele Objektive waren auf sie gerichtet. Die Fotos würden diese Begegnung in die gesamte Republik tragen. Und sie würden ihr Pluspunkte einbringen.

Es entwickelte sich eines jener inhaltsleeren Gespräche, die sie so gar nicht mochte, die sie aber längst zu führen gelernt hatte. Der Altkanzler prahlte von einem neuen Nobelrestaurant, den „superb" zubereiteten Hummer. „Noch nie habe ich so perfekt gekühlten Champagner getrunken." Er habe seiner Frau zum ersten Hochzeitstag eine Goldkette geschenkt mit fünf Brillanten. „Nett übrigens, dass Sie mit Ihrer Kette ein Zeichen setzen", nuschelte er und kam ihr dabei gefährlich nahe. „Das rote Quadrat ist ja unser Logo. Es steht aber auch einer Christdemokratin gut."

„Der Stein dieses Colliers, so sagen die Kenner, stammt aus der Herzkammer der Sozialdemokraten, genauer gesagt aus Bochum. Er strahlt mehr als Ihr Logo."

Der Vizekanzler, der die Peinlichkeit der Situation wohl erkannt hatte, befreite Angelika Hermes aus der unangenehmen Situation: „Können wir uns kurz unterhalten, vielleicht in meinem Büro?"

„Gerne. – Schön, Sie wieder mal gesehen zu haben." Sie reichte dem Altkanzler die Hand und nickte in die Runde.

*

An allen Ästen zeigten sich jetzt dichte grüne Köpfe aus jungen Trieben. Die Trauerweide lebte. Sie sah nicht mehr traurig aus, sondern machte Hoffnung. Zuerst wuchs an den Sägeflächen neues Leben. Er konnte zusehen, wie die Äste jeden Tag länger und länger wurden.

Seine Tauben kamen pünktlich. Sie blieben jedes Mal kurz in der Weide sitzen, dann hoben sie nahezu zeitgleich ab, um sich nach wenigen Metern im benachbarten Kastanienbaum niederzulassen. Dieser besaß schon reichlich Blätter. Sie pickten in die Blätter und rissen sie ab. Er konnte von seiner Stelle an der Terrassentür aus nicht sehen, was sie mit ihnen anstellten. Fraßen sie sie und schluckten sie runter, oder stopften sie sich das Grün in den Hals, um es beim Nestbau zu verwenden?

Die Äste bewegten sich deutlich, und plötzlich schoss ein großer schwarzer Vogel von einer Tanne auf seine Tauben herab. Die schwangen sich schnell vom Ast hoch und flogen davon. Der schwarze Vogel hinterher, raus aus seinem Gesichtsfeld.

*

Er wartete am vereinbarten Ort. Es nieselte. Auf dieser Seite des Ruhrschnellwegs war die Belästigung durch die vorbeifahrenden Fahrzeuge viel größer als bei ihm zu Hause. Die alte Lärmschutzwand hielt nur wenig zurück. Er fürchtete, sein Handy in der Hosentasche nicht zu hören, und nahm es in die Hand.

Hier hatte er noch nie gestanden, noch nie Halt gemacht, obwohl er von Kindesbeinen an unzählige Male hier vorbeigegangen war. Spaziergänge zum Grab der Großeltern auf dem gegenüberliegenden Friedhof hatten ihn regelmäßig über den geschwungenen, steil aufsteigenden Weg geführt. Immer wenn er zurückging, war der Weg eine Einladung zum Runterrennen gewesen.

Einmal war er fürchterlich hingefallen, fing sich eine klaffende Wunde am Knie ein. Die Eltern brachten ihn sofort zu ihrem Hausarzt, der seine Praxis gleich um die Ecke hatte.

Dr. Acht war schon der Arzt seines Großvaters gewesen, den er auf Staublunge behandeln musste. Oma ließ immer irgendwelche Stärkungsmittel für Opa verschreiben. Aber um die ging es ihr gar nicht. Opa mochte sie sowieso nicht. Der Apotheker, den Oma gut kannte, gab ihr stattdessen Bonbons, Traubenzucker und andere Leckereien. Das konnten die beiden alles gar nicht essen, so dass der Vorrat immer größer wurde. Seine Mutter hatte Oma oft gewarnt, so etwas sei verboten sei und der Apotheker könnte seine Zulassung verlieren. Aber Oma machte weiter. Ihr Schrank glich bald einem Lager mit Doppelherz, Klosterfrau und anderen Flaschen, die sie gern mal zum Geburtstag alten Tanten schenkte. Irgendwann wurde es dem Apotheker aber zu brenzlig, und er gab nur noch die verordneten Stärkungsmittel heraus, in erster Linie Pepsinwein. So glich Omas Vorrat bald einem Pepsinwein-Lager. Volker erinnerte sich daran, weil eine letzte Flasche noch bei ihm im Keller stand, sechzig Jahre nach Opas Tod.

Dr. Acht hatte seinen Ratscher vorbildlich gesäubert, nahm zum Schluss Jod, rieb es auf die Wunde, dass ihm Tränen in die Augen schossen.

Eine tiefblaue Narbe erinnerte ihn bis heute an diesen Weg, diesen Sturz und die rote Asche, und die eine oder andere seiner Freundinnen hatte gefragt, ob er auf Zeche gearbeitet habe, waren doch die blau schwarzen Narben der Bergleute ein besonderes Kennzeichen der Verletzungen unter Tage.

Mit dem Anruf der Kanzlerin vor einigen Tagen hatte er nicht gerechnet. Sie hatte ihn wieder einmal überrascht: „Ich will mir Ihre Kreativwerkstatt ansehen. Am kommenden Donnerstag habe ich einen Termin im Ruhrgebiet. Passt es bei Ihnen am späten Nachmittag? Dann wird Sie meine Büroleiterin Frau Brinkkötter anrufen; die muss über all meine Schritte Bescheid wissen." – Natürlich passte es bei ihm. Er sagte kurzerhand zwei andere Termine ab.

Abwechselnd blickte er auf sein Handy und seine Uhr. Auf die silberne Uhr, die ihm seine Frau zum 30. Geburtstag geschenkt hatte. Deshalb konnte er sich nicht von ihr trennen. Alexander meinte zwar, eine silberne Uhr passe nicht zu einem Goldschmied, aber für ihn war sie wertvoller als jede goldene.

Das Handy klingelte.

„Wir sind jetzt an der Autobahnkirche. Herr Museler meint, es dürfte nicht mehr weit sein."

„Die übernächste Abfahrt, Stadion, dann ist es nur noch eine Minute. Ich stehe schon hier. Ich freue mich."

„Ich mich auch."

Wie oft war er hier zum Stadion und zurück gelaufen. Wie oft war er mit seinen besten Freunden zu den VfL-Heimspielen anne Castroper gegangen. Das Stadion hieß damals „An der Castroper Straße". Es gab noch keine festen Zuschauerblöcke, in die man sich stellen musste. Keine Zäune. Gemeinsam waren sie in der Halbzeit über die Aschenbahn gelaufen. Im Mittelkreis hatten sie sich auf den Boden geworfen und sich gen Osten verneigt, als beteten sie für ein gutes Ergebnis ihres VfL. Und sie konnten sich in der zweiten Halbzeit immer hinter das gegnerische Tor stellen, um den Torwart in entscheidenden Augenblicken zu verwirren und auszubuhen. Als er das alles bei einem Pokalspiel im jetzigen Ruhrstadion seinen Söhnen erzählt hatte, schauten die ihn ungläubig an. Beide hatte er nicht wirklich zu Fans machen können. Fußball war nie ihr Ding geworden.

Beim Blick auf das Stadion stellte er sich die Planschwiese vor, die der Autobahn hatte weichen müssen. Man hatte die früher hier verlaufende Albecke leicht gestaut, rechts und links davon Klinkersteine verlegt, so dass ein großes, flaches Becken entstanden war. Richtig schwimmen konnte man darin zwar nicht, aber toll rumplanschen. Hier traf sich im Sommer an heißen Tagen der halbe Stadtteil, um abzukühlen. Das nächste richtige Schwimmbad war in Herne, unvorstellbar weit weg.

Zwei schwarze Limousinen kamen langsam die Straße herunter. Als die Fahrzeuge hielten, sprang ein Mann aus dem zweiten Wagen und sicherte den Ausstieg nach hinten. Sein Kurzhaarschnitt und sein drahtiger Körper verrieten auf den ersten Blick seinen Beruf. Es war ruhig und kein Mensch zu sehen.

Die Fahrertür des ersten Wagens wurde geöffnet, und ein Mann stieg aus. Er war mittelgroß, etwas untersetzt, hatte blondes, schütter werdendes Haar und trug eine mittelblaue Strickjacke, die seinen Bauchansatz fest umschloss. Er erinnerte Volker an einen bekannten Schauspieler, aber er kam nicht darauf, wie er hieß.

„Mein Name ist Museler. Ich bin der Fahrer der Kanzlerin." Der Mann verzog keine Miene.

„Luerke." Juwelier der Kanzlerin. – Das dachte er nur.

„Die Frau Bundeskanzlerin hat gerade einen Anruf erhalten. Ich denke, es dauert noch einen Moment."

Museler stellte sich direkt neben den Wagen, sprang zwei Schritte vor, als er merkte, dass das Gespräch zu Ende ging, und öffnete die hintere Tür. Volker hörte noch, wie die Bundeskanzlerin sagte: „Wir setzen unser Gespräch morgen früh fort, Herr Außenminister. Ich schlage vor, um neun." Ihre orangefarbene Tasche unter dem Arm, stieg sie aus, lächelte Volker an und drückte seine Hand.

Angelika trug eine schwarze Hose und eine blaue kragenlose Jacke. Dazu ein hellblaues Shirt und die von ihm gefertigte Weißgoldkette. Ihre Haare waren perfekt frisiert, sie war dezent geschminkt.

„Herr Museler, vielen Dank. Wir treffen uns an dieser Stelle um 22.00 Uhr wieder. Sind wir in der Nähe untergebracht?"

„Keine fünf Minuten von hier."

„Wenn Sie drehen, geht es gut fünfhundert Meter geradeaus. Direkt hinter dem Tierpark liegt das Hotel, das mir Frau Brinkkötter genannt hat. Es ist ganz einfach zu finden. Sie brauchen nicht einmal ihr Navi einzuschalten."

*

„Ist es weit bis zu Ihnen?" Angelika zeigte Volker ihre Brille und die rote Kappe. „Brauche ich die hier?"

Volker schüttelte den Kopf. „Wir gehen durch die Unterführung. Dahinter habe ich mein Auto geparkt, mit dem wir direkt in die Garage fahren. Wir können aber das kurze Stück auch laufen. Es ist niemand auf der Straße."

„Ich würde lieber fahren."

„Dann gehen wir zum Auto."

„Es ist schön hier – wenn man mal vom Lärm der Autobahn absieht. Leben Sie schon lange in diesem Ort?"

„In diesem Stadtteil seit meiner Geburt. In diesem Haus seit 26 Jahren. Wir haben es gebaut, als unser erster Sohn Alexander unterwegs war."

Hinter der Unterführung stiegen sie in seinen blauen BMW, fuhren gut hundert Meter bis in eine Grundstückseinfahrt. Das Garagentor öffnete sich automatisch.

„Haben Sie noch mehr Kinder?"

„Ja, einen zweiten Sohn. Maximilian ist jetzt siebzehn. Er lebt bei mir, geht noch zur Schule und wird bald sein Abi machen. An diesem Wochenende ist er in Berlin. Auf Einladung des örtlichen Bundestagsabgeordneten."

„Nein, wirklich?!"

„Von Ihrer Partei. Mein Sohn war im Wahlkampfteam, ist in der Jungen Union."

„Wie schön. Ihr Bundestagsabgeordneter, das ist doch der Präsident, oder?"

„Herr Kampelmann ist bei uns sehr anerkannt. Er ist übrigens gar nicht weit von hier aufgewachsen. Seine Eltern haben bis zu ihrem Tod in diesem Stadtteil gelebt. Sein Vater ist mit über neunzig vor vier Jahren gestorben. Die Mutter starb deutlich früher. Auf dem Friedhof gleich gegenüber sind sie beerdigt." Er wies auf die andere Straßenseite.

„Dann weiß ich ja, mit wem ich mich gelegentlich verabreden kann, wenn ich mir weitere Colliers ansehen will. Ich treffe mich gern mit dem Präsidenten, warum also nicht in hier Bochum."

Sie stiegen aus dem Auto, verließen die Garage, wandten sich nach rechts entlang einer Klinkerwand und gingen auf die Eingangstür zu. Das Tor schloss automatisch.

„Ein schönes, einladendes Haus haben Sie. Man fühlt sich hier sofort willkommen."

„Das sollen Sie. Herzlich willkommen. Treten Sie ein."

Sie standen in einem gelben Flur.

„So viel Farbigkeit sieht man dem Haus von außen nicht an. Und so viel moderne Eleganz und Kreativität."

„Schön, dass es Ihnen gefällt."

„Sollen wir nicht Du sagen?"

„Ich heiße Volker."

„Angelika, um genau zu sein Angelika Elisabeth."

„Wie kommst du zu diesem katholischen Namen? Bist du nicht in Hamburg geboren und evangelisch."

„Meine Patentante hieß Elisabeth. Sie wohnte wie wir in Hamburg, ist die Frau des Bruders meiner Mutter und kommt ursprünglich vom Rhein, aus der Nähe von Koblenz. Deshalb mein zweiter Vorname."

„Willst du ablegen? Kann ich dir helfen?"

„Danke, geht schon."

„Was möchtest du trinken, Wasser, Saft, Wein?"

„Wenn du ein kaltes Bier hättest."

„Eine Flasche liegt immer kalt. Ich mag keine halb getrunkenen Flaschen Wein. Deswegen trinke ich abends allein am liebsten eine Flasche Bier."

„Wir können uns die Flasche teilen. Mir reicht ein Glas gegen den Durst."

„Gehst du mit in die Küche?"

Sie folgte ihm. Er trug eine eng sitzende schwarze Hose, ein schwarzes Hemd. Er hatte Geschmack, kleidete sich modern und lässig.

Dieses Haus besaß scheinbar keine Türen, dafür schön gestaltete Gänge und Durchbrüche. Der Gang zur Küche war eher schmal, gab dann aber den Blick auf eine eisblaue Küchenlandschaft frei.

Sie blieb stehen. „Das ist wunderbar."

„Und doch funktional, pflegte meine Frau zu sagen. Wir haben mehrere Stunden an der richtigen Anordnung, dem Neben- und Übereinander getüftelt. Auch unsere Söhne haben sich beteiligt. Dass die Spülmaschine auf Augenhöhe ist, war der Vorschlag unseres Jüngsten."

Er nahm die Flasche Bier aus dem Kühlschrank, holte zwei Gläser und öffnete den Bügelverschluss mit einem vernehmbaren Plopp.

„Das Ploppen gehört bei uns dazu. Kennst du das auch?"

„Zuhause haben wir Kronkorken, und auswärts gibt man mir die Getränke nur im Glas. Ploppen, das klingt irgendwie lustig. Ich freue mich, hier zu sein und dir über die Schulter schauen zu können."

„Ich habe für später einen kleinen Imbiss vorbereitet. Für nach der Arbeit."

Er legte weitere vier Flaschen Bier in den Kühlschrank, dann ging er ins Wohnzimmer.

Sie stellte sich ans Fenster. Als er neben sie trat, roch sie ganz deutlich den Duft, den sie schon in seinem Geschäft wahrgenommen hatte.

„Welches Parfüm benutzt du?"

„Es ist von einem japanischen Parfümeur kreiert. Ich kaufe es seit vielen Jahren."

„Es passt gut zu dir. Sehr angenehm."

Sie blickte in den Garten. Die Äste einer alten Trauerweide reichten bis auf den Rasen, schienen ihn ständig zu fegen. Rasenmähen musste man dort sicher nicht. Hier hätte eine Rundbank gut gepasst.

„Darf ich die Tür öffnen?" Sie wandte sich um. Dabei erblickte sie in einer Art Erker einen aufgeklappten Flügel. „Du spielst Klavier?"

„Nicht wirklich. Meine Frau war eine gute und leidenschaftliche Pianistin. Manchmal hat sie hier im Stadtteil in Seniorenheimen oder kleinen Gesellschaften gespielt. Es hat ihr immer viel Spaß bereitet. Und den Zuhörern auch. Aber lass uns jetzt an die Arbeit gehen."

Sie gingen zurück, an der Küche vorbei zu einer Treppe. Er fasste sie am Arm, nahm sie bei der Hand, führte sie einige Stufen hinunter. Arbeitete er im Keller? – Wieder blieb sie stehen, staunte. Seine Werkstatt befand sich in einem ehemaligen Swimmingpool. „Das ist genial. Dein Haus steckt voller Überraschungen. Wie bist du darauf gekommen, oder war das auch die Idee deines Sohnes?"

„Als meine Frau kränker und kränker wurde, wollte ich mehr bei ihr zuhause sein. Schwimmen konnte sie schon lange nicht mehr, und die Söhne nutzten den Pool auch nicht. Da kam ein befreundeter Architekt auf diese Lösung. Die ganze Familie war begeistert, und wenige Monate später fertigte ich hier schon eine erste Brosche. Dieses Umfeld wirkt auf mich wie ein Kraftfeld für Kreativität. In meinem Geschäft in der Stadt läuft das Alltagsgeschäft. Im Pool habe ich die besten Einfälle, tauche ein in Formen und Farben. Drei Tage in der Woche ist eine junge talentierte Chinesin aus Düsseldorf im Laden. Ich arbeite dann in diesem wunderbaren Haus mit all seinen Erinnerungen an gute Zeiten so, wie ich gerade Lust habe. In den letzten Tagen hatte ich sehr viel Lust."

„Kommen dir Geistesblitze? Einfälle beim Spaziergang? Brauchst du eine optische Anregung? Arbeitest du auch nach Wünschen deiner Kunden?"

„Ganz unterschiedlich. Ich habe mir in letzter Zeit viele Bilder von dir angesehen, auch kleine Filmchen, die irgendwer ins Netz gestellt hat. Ich habe deinen Gang studiert, die feinen Bewegungen deines Kopfes, dein offenes Lachen. Mit einem Schlag, oder wie du formuliert hast, wie ein Blitz wusste ich, was entstehen sollte. Ich muss gestehen, in echt bist du noch viel schöner. Du hast ein wunderbares, einmaliges Gesicht, funkelnde Augen, einen schlanken Hals. Es muss also etwas Zartes, Strahlendes werden."

„Und was ist dir in den Sinn gekommen?"

„Zunächst kritzele ich, dann male ich, spiele mit Material und Farben, schließlich entsteht eine erste Skizze. Hier, die vierte Version. Wahrscheinlich noch nicht die letzte."

„So genau erkenne ich darauf kein Collier."

„Es ist nur eine Arbeitsskizze, keine zum Vorzeigen oder für Werbezwecke. Das hier sind kleine goldene Kelche, Blütenkelche. Zwischen diese Kelche – oder besser in diese Kelche setzte ich kleine Edelsteine."

„Und was für welche?"

„Verschiedenfarbige, teure und weniger teure. Es können aber auch Steine von nur einer Sorte sein, also nur Saphire, Smaragde, auch Rubine, auf jeden Fall Steine von intensiver Farbigkeit."

„Wie die Räume deiner Wohnung."

„Wenn du so willst, ja. Aber wenn es der Wunsch einer Kundin, eines Kunden wäre, könnte man auch weniger farbige Steine wählen."

„Und welche Steine hast du für mich vorgesehen?"

„Hier habe ich dreißig kleine Rubine. Du bist eine starke Frau, intensive Farben stehen dir, was du ja mit deinen Jacketts immer wieder deutlich machst."

„Muss ich dann immer rote Blazer tragen?"

„Um Himmels Willen, nein. Das machen doch nur sozialdemokratische Frauen. Auch ein Kleid würde gut passen. Das Gold zwischen den Steinen wird ausgleichend, vielleicht sogar dominant wirken, und deshalb wird das Collier zu allen Farben passen. Am besten aber wohl zu Schwarz, einer Farbe, die ich auf deinen Bildern aber fast nie gesehen habe, leider."

„Schwarz, das bedeutet für mich auf der einen Seite Schmerz, auf der anderen Seite Glamour und Feierlichkeit. Bei meiner Vereidigung habe ich einen schwarzen Hosenanzug getragen, aber bewusst mit großen weißen Knöpfen. Dazu eine Perlenkette. Es war die Perlenkette meiner Großmutter, die meine Tante Elisabeth, besagte Patentante, mir zu meiner Konfirmation in die DDR geschickt hat. Ich war damals sehr stolz auf sie."

„Ich hoffe, du wirst auch stolz auf dein neues Collier sein. Sollen wir anfangen?"

*

„Ich habe viel gelernt. Ich möchte wiederkommen."

Die Autos standen am Treffpunkt bereit. In der Dunkelheit waren sie zu Fuß gegangen.

Volker nahm Angelikas Hände, hielt sie fest. „Du musst wiederkommen, dein Collier abholen."

„Ich kann es kaum erwarten."

„Bring dann bitte noch etwas mehr Zeit mit."

*

Er konnte nicht einschlafen. Sie hatten sich prächtig unterhalten. Sie hatte ihm das Du angeboten. Die Frau, von der es hieß, sie sieze noch immer ihre Büroleiterin, die seit vielen Jahren für sie arbeite. Er würde ein wunderbares Collier für sie anfertigen, und sie würde wiederkommen. Garantiert! Aber er musste das alles für sich behalten. Keiner durfte es erfahren. Dabei hätte er seine Gefühle in die Welt hinausschreien können.

Er war erregt. Wie sollte er mit dieser Erregung einschlafen. – Seine Lieblingseinschlafposition half heute nicht. Er drehte sich mal nach rechts, mal nach links. Er legte sich auf den Rücken. Wie hatte er Raphaela bewundert. Sie hatte sich auf den Rücken gelegt, die Augen geschlossen und war eingeschlafen.

Bilder ihrer gemeinsamen Zeit tauchten vor ihm auf. Von ihrer Hochzeit am heißesten Tag des Jahres. Von Onkel Alfred, der in einem Netzhemd und mit einer riesigen Blume in der Kirche auftauchte, ohne eingeladen zu sein. Er dachte an die Predigt des Pastors über lange Löffel, mit denen man allein nicht essen, sondern sich gegenseitig füttern müsse, um satt zu werden. Er hörte das Lachen seiner Tante, die sich beim Mitternachtsspektakel vor dem Trinken aus einem Nachttopf ekelte. Und er sah Raphaela, die zufrieden lächelte, den gesamten Tag ansteckende Freude verbreitet hatte. Wie glücklich waren sie gewesen, mit wie viel Zuversicht hatten sie ihren gemeinsamen Lebensweg begonnen. Raphaela hatte eine Zusage für ihre Referendarstelle erhalten, er die Zulassung zum Meisterlehrgang. Sie konnte in Herne arbeiten, er in Essen. Sie mussten nicht umziehen, blieben in Bochum wohnen.

Er stand auf, ging ins Badezimmer, urinierte und hoffte, danach einschlafen zu können. Inzwischen war es zwei

Uhr. Er würde am Morgen zumindest verkatert aufstehen, wenn er überhaupt rechtzeitig wach werden würde. Er hatte Dienst in der Stadt. Sicherheitshalber stellte er den Wecker auf sieben Uhr.

*

Hartwich saß mit Markus Afeld im kleinen Besprechungsraum ihres Architekturbüros. Markus war nicht nur sein Partner, sondern ein sehr guter Freund. Gemeinsam hatten sie viele Höhen, aber auch einige Tiefen erlebt. Architektur in der DDR war eine andere als in der Bundesrepublik. Die Umstellung von Plattenbauten auf individuelle Planung war Hartwich nicht leichtgefallen. Markus, der aus Koblenz kam, war von Anfang an eine große Stütze.

Auf dem Tisch lag jede Menge Papier. Sie besprachen die letzten Korrekturen ihres Entwurfs für einen neuen Kindergarten in Wedding, von dessen Qualität sie überzeugt waren.

„Wir werden viel Arbeit haben, sollten wir gewinnen." Markus sah von seinem Platz auf, blickte Hartwich an und lehnte sich zurück

„Wir werden großen Aufwand treiben müssen, aber wenn wir alles auf unsere beiden Schultern verteilen, hält sich alles in Grenzen."

„Ich will auch noch Privatleben haben. Nicht so wie du, alles dem Job unterordnen, obwohl der Erfolg überschaubar ist. Warum machst du so wenig mit Angelika zusammen? Warum begleitest du sie so gut wie nie?"

„Oberflächliche Damenprogramme am Tag und abends belanglose Plaudereien beim Galadinner. Dieser Politikbetrieb ist nichts für mich. Im Grunde mag Angelika diese Art von Leben ja auch nicht, aber sie kann sich dem nicht entziehen."

„Dann mach einfach mit. Es geht doch erkennbar um mehr als Politik, es geht um deine Beziehung." Markus presste seine Fäuste gegeneinander

„Du hast gut reden. Deine Maria hat eine geregelte Arbeitszeit."

„Es ist aber doch nicht alles belanglos, was deine Frau erlebt."

„Lass es gut sein, Markus. Ich bin, wie ich bin, und will nicht ihr Anhängsel sein."

Lasst uns alle eins sein!

Sie wollte ihre Rede zum Tag der Deutschen Einheit unter ein besonderes Motto stellen. Es sollte eine sehr persönliche Rede werden.

Angelika hatte sich in ihr kleines Zimmer zurückgezogen. Hartwich nannte es gern die Bibliothek; sie sprach lieber von ihrem amerikanischen Zimmer. Es gab einen kleinen gusseisernen Kamin, einen bequemen rot-blau karierten Ohrensessel, einige besondere Bücher standen in den Regalen: Biografien von Adenauer mit Originalunterschrift und natürlich von Helmut Kohl, Bücher über und von amerikanischen Präsidenten, Biografien von Kennedy und Bill Clinton, Al Gores „Wege zum Gleichgewicht. Ein Marshallplan für die Erde". Gerade dieses Buch nahm sie immer wieder zur Hand. Gore sprach ihr aus der Seele. Er hatte die Probleme dieser Zeit früh erkannt; früher als viele andere hatte er seine Stimme für die Umwelt erhoben. Sie bewunderte ihn, wie sie auch Amerika bewunderte.

Amerika war als Jugendliche ihr Traumland gewesen. Sie konnte nach wie vor noch nicht realisieren, wie selbstverständlich sie mit dem amerikanischen Präsidenten telefonierte, und wie glücklich war sie gewesen, gleich nach der Wende ins Land ihrer Sehnsüchte reisen zu können. Nach Kalifornien. Ins Land der Freiheit. – Jetzt wusste sie, dies würde der rote Faden ihrer Rede werden.

*

Sie betrachtete die Paare neben sich. Der Bundestagspräsident erschien ganz regelmäßig zu Festveranstaltungen in Begleitung von Bettina, die als Lehrerin arbeitete. Ob halbtags, wusste sie nicht.

Jedenfalls nahm Bettina sich für die wichtigen Staatstermine ihres Mannes die notwendige Zeit. Für sie, so hatte Bettina einmal bei einem Empfang erzählt, seien es besonders schöne Tage. Denn sie seien ganz regelmäßig mit mindestens einer Übernachtung verbunden, mal vorher, mal nachher. Selten habe sie zuhause solch intensive Tage mit ihrem Mann.

Intensive Tage. – Obwohl sie und Hartwich gemeinsam in einer Wohnung lebten, wenn auch mit getrennten Schlafzimmern, konnte seit langem von intensiven Tagen und erst recht von intensiven Nächten nicht die Rede sein.

„Liebe Schwestern und Brüder!"

Hartwich ging bewusst und ausdrücklich seine eigenen Wege. Nur für Bayreuth überwand er seine Abneigung. Zwei Premierenabende waren ihre einzigen gemeinsamen Veranstaltungen in diesem Jahr gewesen.

„So lasst uns alle eins sein."

Im Urlaub waren sie nur für die Medien Hand in Hand gewandert, ansonsten war jeder für sich gegangen, ohne dass es der Öffentlichkeit aufgefallen wäre. Wanderwege am Watzmann sind nichts für die empfindlichen Füße der Fernsehmoderatorinnen und -moderatoren.

Sie hörte der Predigt des Kardinals in St. Lambertus, dem Gotteshaus in der Düsseldorfer Altstadt, nur mit halbem Ohr zu, grübelte und kräuselte dabei ihre Stirn. Sie musste sich eingestehen, dass es in ihrer Ehe Probleme gab. Oder war sie schon gescheitert? Woran konnte man das Scheitern einer Ehe festmachen? An verlorener

Liebe? An verlorenem Herzen? An getrennten Betten, an getrennten Leben oder unterschiedlichen Interessen?

Hatte sie unüberlegt geheiratet? Sie, die sonst alle Entscheidungen hin und her wog, lieber dreimal alles durchdachte, gerne auch das Ende betrachtete. – Seine Kette hatte sie positiv überrascht. Er glaubte wohl an ihrer beider Zukunft.

„Bei Gott ist kein Ding unmöglich."

Angelika sah nicht hin, als der Kardinal bei diesen Worten die Hände zum Himmel streckte. – Als Ostdeutsche, unverheiratet, kinderlos und damit chancenlos? Sie hatte Parteichefin werden wollen, wollte es unbedingt. Damals schon hatten beide einen langen Berufsweg hinter sich. Er als Architekt, sie als Erzieherin. Es war sicher große Zuneigung gewesen, gegenseitige Bewunderung, Respekt vor den Leistungen des anderen. Aber Liebe? Hatte sie den Fehler ihres Lebens gemacht?

„Lassen Sie uns Gott für das Geschenk der Einheit danken. Amen!"

Mit der Entfernung kamen sie sich zunächst näher. Hartwich hatte die Wochenenden in Bonn aufregend gefunden, vielleicht eher wegen Beethoven. Das neue Amt öffnete Türen zu allen Kulturveranstaltungen. Wenn es um Musik ging, war er an ihrer Seite gewesen. Aber es ging nicht immer um Musik. Es ging nur sehr selten um Musik. In den ersten Monaten war sie auf sich allein gestellt gewesen, freute sich über jeden Besuch ihrer Eltern und sogar ihrer Geschwister.

Das Vaterunser schreckte sie auf. Der Gottesdienst war zu Ende.

*

Volker verfolgte die Live-Übertragung der Einheitsfeier-lichkeiten. Der ökumenische Gottesdienst war fast vorbei. Die Festgemeinde, der Kölner Kardinal und die Präses der Evangelischen Kirche im Rheinland sprachen gemeinsam das Vaterunser.

Die Kamera richtete sich auf die erste Reihe. Auf den Bundespräsidenten mit seiner Gattin, auf Klaus Kampelmann mit seiner Frau, auf die Bundeskanzlerin sowie auf den Präsidenten des Bundesverfassungsgerichts und dessen Gemahlin. Raphaela war von diesem Mann und dessen rhetorischen Fähigkeiten, seinem Scharfsinn und sicher nicht zuletzt von seinem Aussehen sehr angetan gewesen.

Angelika wirkte bedrückt. Woran mochte sie wohl denken?

Er selbst wollte ebenfalls noch zu einem Gottesdienst. Zur Messe, die der Ost-West-Arbeitskreis seit dem Mauerfall Jahr für Jahr mit einem Geistlichen aus dem Osten Deutschlands in der Propsteikirche feierte.

Der Ost-West-Arbeitskreis war eine Bochumer Institution. Er bestand aus Männern und Frauen, die zu Zeiten des Kalten Krieges eine Reihe von Kontakten in die DDR aufgebaut und gepflegt hatten. Sie leisteten unermüdlich Hilfe in vielerlei Hinsicht. Einige hatten ihr eigenes Leben aufs Spiel gesetzt, indem sie bei der Flucht von Menschen aus dem anderen Teil Deutschlands aktiv halfen. Inzwischen waren sie alt geworden, blieben aber aktiv, setzten auch heute noch Zeichen, sammelten Spenden, unterstützten in Not geratene Männer, Frauen und Kinder in Bochum und darüber hinaus.

Anstelle der Messe hätte er allerdings lieber einen ökumenischen Gottesdienst gefeiert. Dazu ließen sich die Männer und Frauen aber nicht überreden. Er hatte sie mehrfach darauf angesprochen und wusste, dass andere auch darum gebeten hatten.

Er holte das Fleisch aus der Tiefkühltruhe, legte Wein, Sekt und Bier in den Kühlschrank, deckte den Esstisch für zwei Personen und platzierte eine Vase mit frischen Blumen auf die zartrosafarbene Tischdecke. Er überlegte, ob er eine Kerze auf den Tisch stellen sollte, entschied sich dann aber für vier Teelichter in altrosafarbenen Windlichtern.

Im Fernsehen eröffnete der Ministerpräsident die Festversammlung und begrüßte die Ehrengäste. Es folgte ein kurzer Einspielfilm über die schönen Seiten von Nordrhein-Westfalen und eine artistische Musikdarbietung junger Frauen und Männer.

Dann ging die Kanzlerin zum Rednerpult und ergriff das Wort. Zu einer schwarzen Hose trug sie eine dezent gelbe Jacke. Am ihrem Hals erkannte er sein Collier, den goldenen Halsreif mit dem in Gold gefassten Karneol. Ein eleganter Dreiklang in Schwarz, Gelb, Rot.

Sie sprach zunächst von ihren eigenen Erfahrungen. Nach dem Fall der Mauer habe sie Lust auf Politik bekommen. Ein Freund habe ihr ein Buch geschenkt mit einer Widmung. Diese sei für sie zu einer Überschrift ihres Lebens, ihrer Gefühle, Wünsche und Sehnsüchte geworden. „Gehe ins Offene", habe er geschrieben. Und sie sei losmarschiert, hinaus ins Offene, ins Neue. „Das sind unglaubliche Tage, Wochen und Monate gewesen."

Dann beschrieb sie ihre Erfahrungen vom 3. Oktober 1990, erinnerte sich an die DDR-Volkspolizisten, die über Nacht in Westberliner Uniformen gesteckt worden waren. „Die Gesichter aber verrieten noch genau, jedenfalls für mich, woher sie kamen." Habe die Politik ausreichend bedacht, so fragte sie, dass der Mensch sein Denken, Fühlen und Erfahren nicht einfach an der Garderobe abgeben könne. Sie sprach über Stärken und Möglichkeiten dieses Landes, seiner Menschen, bevor sie zum Schluss kam:

„Gehe ins Offene – das ist mir zu Beginn der Deutschen Einheit geschrieben worden. Gehe ins Offene – das sage ich heute unserem Land. Gehen wir ins Offene, sehen wir die Chance des Risikos, wecken wir die Kraft der Freiheit für Solidarität und Gerechtigkeit, setzen wir Ideen in Taten um und tun dies in dem Geist, der unser Land stark gemacht hat – in dem Geist von Einigkeit und Recht und Freiheit für das deutsche Vaterland. Dann wird der Tag der Deutschen Einheit immer das bleiben, was er für mich seit 1990 ist: Ein Tag der Freude und ein großes Geschenk." ***

Manche meinten, sie könne nicht gut reden. Aber sie hatte in ihren Reden etwas zu sagen. Er bewunderte sie. Wie sie die vielen Termine meisterte, ruhig blieb in ganz Europa und in der Welt und sich jetzt sogar noch Zeit nahm für ihn und seine Colliers oder für seine Colliers und ihn.

*

Die altehrwürdige Propsteikirche war bis auf den letzten Platz gefüllt. Altbischof Buss aus Magdeburg, der Prior aus dem Kloster Stiepel und Pater Wolfgang, ein enger Freund des Ost-West-Arbeitskreises, zelebrierten die Messe gemeinsam.

Die Predigt des Bischofs erinnerte ihn an die Festrede der Bundeskanzlerin. Auch Buss verstand es, Erfahrungen aus DDR-Zeiten mit Hoffnungen für die Zukunft des vereinten Deutschlands zu verbinden.

Nach dem Gottesdienst entschuldigte sich Volker beim Vorsitzenden des Kreises, dass er nicht mit zum Empfang gehen könnte. Er erwarte Besuch.

„Sie hätten ihren Besuch doch mitbringen können. Wo erlebt man sonst noch einen Gottesdienst und einen Empfang am Tag der Deutschen Einheit."

Volker merkte an dessen Tonfall, dass Pater Wolfgang keine Antwort erwartete.

„Oder war Ihr Besuch heute Morgen in Düsseldorf dabei."

Die Umstehenden lachten laut auf.

„So wird's gewesen sein", sagte Volker.

*

Maximilian saß in der Küche

„Na, keine Fete heute, mein lieber Sohn?"

„Nee, Paul liegt mit Fieber im Bett, und Katrin muss für eine Klausur büffeln. Bekommst du Besuch? Es liegt so viel Zeugs im Kühlschrank?"

„Ich erwarte Damenbesuch."

„Brauchst du ne sturmfreie Bude?"

„Könnte sein."

„Kenn ich sie? – Lass mich raten: Klara? Nee. Melanie? Sag nicht, die Schneidezahn?"

„Keine, die du so kennst. Komm setzen wir uns." Er legte ihm die Hand auf die Schulter.

Maximilian war ein gut aussehender junger Mann geworden. Er hatte unter dem Tod seiner Mutter am meisten gelitten, war sanftmütig, doch mutig und blitzgescheit. Alexander hingegen hatte ein loses Mundwerk und plapperte oft drauflos. – Er war stolz auf seine beiden Söhne.

„Ich bekomme heute Abend Besuch von Angelika Hermes."

„Du willst mich verarschen."

„Nein, es stimmt."

„Die kommt doch nicht einfach mal so reinspaziert?"

„Sie war schon mal hier."

„Wann denn?

„Da warst du in Berlin."

„Mein Vater trifft sich mit der Kanzlerin. Hier in unserem Haus. Ich glaub es nicht!"

„Die Fischer hat ihr meine Colliers gezeigt. Daraufhin hat sie mich angerufen, ihr Mann übrigens auch. Ich hab ihnen Colliers geschickt und mit der Kanzlerin zwei, drei Mal telefoniert. Dann hab ich sie bei der Triennale-Eröffnung persönlich kennengelernt, und irgendwann stand sie bei mir im Laden, ohne Anmeldung. Bei unserem letzten Treffen hab ich ihr hier meine Werkstatt gezeigt."

„Andere Männer zeigen ihre Briefmarkensammlungen, du zeigst ihr deine Colliers. Kein Wunder, dass sie wiederkommt. Wann kommt sie denn? Soll ich besser verschwinden?"

„Wenn du nichts vorhast, brauchst du nicht zu verschwinden. Ich habe ihr erzählt, dass du bei mir wohnst. Sie will so gegen sieben hier sein."

„Kommt sie mit großem Bahnhof, Blaulicht, Sicherheit und allem Schnipp und Schnapp?"

„Wir treffen uns auf der anderen Seite des Ruhrschnellwegs. Sie hat morgen früh einen Termin in Wuppertal. Deswegen wird es niemand verdächtig finden, dass sie nicht zurück nach Berlin fliegt."

„Bleibt sie über Nacht?"

„Das weiß ich nicht."

„Weiß Alexander davon?"

„Du bist der einzige bisher."

„Was soll es denn zu essen geben?"

„Schweinefilet im Pfeffermantel, Porree, Rucola Salat mit Mango, Nudeln und als Nachtisch Limettenmousse. Dazu Weißwein, aber auch Bier."

„Ich schneide Mango und Limetten."

„Das Limettenmousse hab ich heute Morgen schon zubereitet. Mach du die Mango."

*

Als Volker um halb sieben in die Küche kam, waren die Mangos fertig geschnitten, der Salat gewaschen und das Filet in eine schöne Pfefferkruste gehüllt. Das geöffnete Rezeptheft lag auf dem Küchentisch.

„Ich hole sie jetzt ab. Danke für deine Hilfe."

*

Wie oft hatte er gehofft, die Kanzlerin einmal persönlich treffen und mit ihr über die Politik diskutieren zu können, die ihm und den Jungen in der Partei wichtig war. Jetzt würde sie gleich hier in der Küche seines Vaters auftauchen.

Er hatte einen tollen Vater. Wie der den Tod seiner Frau verkraftet hatte, war bewundernswert. Sie war seine große Liebe gewesen. Dreißig Jahre waren sie zusammen, immer ganz nahe beieinander.

Es hatte selten Streit gegeben. In fast allen Bereichen lagen ihre Meinungen nah beieinander. Sie wollten ihre Kinder zu selbstbewussten Menschen erziehen, verabscheuten lautsprecherische Politiker, setzten sich für Benachteiligte ein. Keiner hatte extreme Ansichten. Gut, sie las Emma und war eine Bewunderin von Alice Schwarzer. Er las täglich die Frankfurter. Sonntags lasen sie gemeinsam die ZEIT vom Donnerstag.

Beide liebten Theater und Konzerte. Mit großer Begeisterung konnten sie von Zadeks „Hamlet"-Aufführung in einer Halle in Hamme erzählen. Lange bevor jeder, der was auf sich hielt, zu Aufführungen in die Jahrhunderthalle pilgerte, hatten sie bei klirrender Kälte die Experimente des Bochumer Generalmusikdirektors miterlebt. –

Bundeskanzlerin Angelika Hermes. Die erste Frauengeschichte nach dem Tod seiner Mutter. – Konnte das gutgehen?

*

Er hörte den Schlüssel in der Tür. Sollte er warten, bis sie in die Küche kamen?

„Maximilian, wir sind da."

Er ging zur Diele und stieß dabei fast mit der Kanzlerin zusammen, die auf dem Weg in die Küche war.

„Schön, Sie kennenzulernen, Herr Luerke."

„Sie können gerne Maximilian zu mir sagen und mich duzen."

„Ich bin Angelika. Beim letzten Mal, als ich hier war, sind Sie, bist du in Berlin gewesen. Wie hat es dir gefallen?"

„Gut, sehr gut. Wir haben viel gesehen und hatten ein super Hotel. Im Bundestag waren wir auch. Uns hatte ja der Bundestagspräsident eingeladen. Wir waren alle enttäuscht, dass Sie, dass du nicht in der Sitzung warst. Aber jetzt weiß ich ja, warum."

„Willst du dich ein wenig frisch machen? Die Toilette ist gleich hier." Volker blickte Angelika fragend an, und gleichzeitig mit Maximilian zeigte er auf die gegenüberliegende Tür.

*

Maximilian hatte die Teelichter schon angezündet, Servietten hingelegt; Bier-, Wein-, Sekt- und Wassergläser standen auf dem Sideboard. Er hatte an alles gedacht, sämtliche Arten von Öffnern lagen bereit.

Angelika kam zurück aus der Toilette. „Sieht toll aus. Ich bin sehr angetan."

„Möchtest du das Collier jetzt sehen oder später beim Essen. Vor dem Nachtisch?"

„Vor dem Nachtisch wäre gut."

„Was wollt ihr trinken?"

„Grauburgunder passt gut zum Hauptgang."

Der wissende Gesichtsausdruck seines Vaters verwirrte Maximilian. Er hatte ihn nur selten Weißwein trinken sehen.

Maximilian holte eine Flasche Grauburgunder aus dem Kühlschrank und goss seinem Vater etwas ein; der nippte, verzog verklärt sein Gesicht und bat, auch Angelika einzuschenken.

„Ich hätte gerne lieber Pils. Geht das in Ordnung?"

Sein Vater schaute traurig in sein Weinglas. Als er den Blick wieder hob, grinste er und sagte: „Dann bring mir auch eins."

*

Maximilian zauberte ein zartes Filet mit einwandfreier Pfefferkruste. Anschließend servierte er stilvoll und gekonnt.

„Was für Pläne hast du nach dem Abi?" Angelika hielt Messer und Gabel locker in ihren Händen und kaute genussvoll das Filet.

„Ich will studieren. Wenn's klappt Archäologie in Bochum oder in Münster."

„Und welche Themen diskutiert ihr hier vor Ort politisch?"

„Wir Jungen machen uns Sorgen um die Zukunft. Das Eis an den Polen schmilzt, der Meeresspiegel steigt, es ist viel zu warm auf dieser Erde. Du hast mehrmals gesagt, wir müssen den Klimaschutz vorantreiben. Das fand ich super. Aber was ist passiert? – Wenig! Nichts! Die alten Parteihasen hier bei uns denken nur an Wirtschaft, Wohlstand, weiter so. Nur ihre eigene Nase ist ihnen wichtig. Dabei wählen uns immer weniger. Die Grünen überholen uns, und wir bleiben bei unseren alten Themen. Mal ein bisschen Hochwasser an Haus Kemnade, am Ruhrwehr in Dahlhausen. Was soll's. In drei Tagen ist das Wasser ja wieder weg. Wird schon alles nicht so schlimm, liebe Leute. – Wir verpennen das Klima, bis es zu spät ist. Sag mal, was ihr dagegen tun wollt. Was können wir unseren Alten hier in Bochum sagen."

Angelika blickte Volker an.

„Inzwischen hat mein Sohn mich überzeugt. Es passiert zu wenig. Die jungen Leute haben recht."

„Pa hat schon einige Plakate geklebt und Flugblätter entworfen und verteilt. Er kann nicht nur Schmuck kreieren."

„Der Klimawandel ist da, man kann ihn nicht mehr leugnen. Hast du schon mal Al Gore gelesen?"

*

„Es war ein wunderbarer Abend. Danke für eure Gast-freundschaft."

„Du musst dein Collier noch mitnehmen!"

„Ach, mein Gott, das haben wir vor lauter Reden ganz vergessen."

Volker ging in die Werkstatt und kam nach einer Minute zurück. Er nahm das Collier aus einem Kästchen und legte es gekonnt um Angelikas Hals. „Komm zum Spiegel!"

„Noch schöner, als ich es nach deiner Zeichnung erwartet hatte."

Mit den Fingern ertastete sie die goldenen Kelche und streichelte vorsichtig über die kleinen Rubine, welche die Blüten bildeten. Ganz winzige, kaum zu erkennende Perlen hatte er zwischen die Goldkelche gesetzt.

„Es war schön bei euch. Danke, Maximilian, für deine gute Bewirtung. Volker, bringst du mich noch zum Wagen?"

*

Auf dem Weg kam ihnen ein junges Paar entgegen. Es war so ineinander versunken, dass keiner von beiden die Kanzlerin eines Blickes würdigte. Immerhin hatte sie ihre Brille aufgesetzt.

„Ich gebe dir meine private Handynummer; so kannst du mich direkt erreichen, wenn ich erreichbar sein will."

„Es wäre schön, wenn wir uns regelmäßiger sehen könnten."

„Lass uns Wege finden."

Die Kanzlerin streckte sich und küsste ihn auf beide Wangen.

Männer

Hartwich und Markus standen vor dem Portal der Aula im barocken Hauptgebäude der Universität Greifswald. Sie waren von Berlin aus mit Hartwichs Auto schneller durchgekommen, als sie erwartet hatten. Die Veranstaltung sollte erst in einer halben Stunde beginnen.

Sie waren zwar früh vor Ort gewesen, aber nicht früh genug, um noch irgendwo einzukehren. Sicher würde es im Anschluss an den Festakt kleine Häppchen geben, so dass sie nicht ohne Stärkung in die Hauptstadt zurückmussten.

Die beiden hatten einen kurzen Spaziergang gemacht, mit Kennerblick die positiven Entwicklungen in der Stadt betrachtet, bis es anfing zu regnen. Da waren sie ins Hauptgebäude gegangen und warteten jetzt auf den Rektor, den Dekan, die Gäste der Mathematisch-Naturwissenschaftlichen Fakultät.

„Hast du das Buch über diese Aula gelesen?"

„Müsste ich?" Markus zuckte mit den Schultern. „Nein."

„Es war eines der erfolgreichsten Bücher in der DDR."

„Ein Buch über eine Aula?"

„Du Wessi! ‚Die Aula' war Kult. Das Buch beschreibt nur vordergründig diese Aula. Im Kern, da geht es um die Schließung der Arbeiter-und-Bauern-Fakultät dieser Uni." Als Hartwich den unwissenden Blick von Markus wahrnahm, schob er nach: „So hieß die Fakultät tatsächlich. Hermann Kant, ein bekannter Schriftsteller und Politiker der DDR, hat das Buch geschrieben. Es geht um Robert Iswall, den Hauptakteur dieses Romans. Er soll die Rede zur Schließung der Fakultät halten und hatte ähnliche Schwierigkeiten wie ich heute."

Hartwich hatte eine Mail vom Dekan bekommen, in der er ihn bat, die Festrede zum diesjährigen Semesterabschluss zu halten. Keinen Fachvortrag, sondern eine Mut machende Rede an die Studierenden. Hartwich entwickelte gerne und schnell Vorträge für Fachkongresse und Tagungen, aber bei diesem Festvortrag war er an seine Grenzen gestoßen. Es war ihm schwergefallen, die richtigen Worte zu finden. Er beneidete seine Frau um ihre Redenschreiber, während er sich jeden einzelnen Satz selbst hart erarbeiten musste.

*

Die Aula war gut gefüllt. Der Dekan bat Hartwich, in der ersten Reihe Platz zu nehmen, Markus setzte sich direkt hinter ihn. Auf seinem Sitz lag das Programm der Feierstunde. Markus las und wusste sofort, was Hartwich nicht gefallen würde: „Festredner: Hartwich Strohmann. Architekt aus Berlin. Ehegatte der Bundeskanzlerin Angelika Hermes."

Als der Dekan zum Rednerpult schritt, brandete Applaus auf.

„Sehr verehrte Kolleginnen und Kollegen, liebe Zuhörerinnen und Zuhörer, vor allem aber liebe Studentinnen und Studenten aller Semester! Herzlich willkommen hier in der Aula des historischen Verwaltungsgebäudes unserer Universität. Ich freue mich, dass diese Veranstaltung so gut besucht ist. Ich denke, das liegt insbesondere an der Person unseres Festredners, Hartwich Strohmann, erfolgreicher Architekt aus Berlin. Aber nicht nur dies. Herr Strohmann ist auch und vor allem Ehegatte unserer

Kanzlerin Angelika Hermes. Schön, dass Sie sich Zeit nehmen, unserem Abschlussjahrgang Ihre Lebens- und Berufserfahrungen mit auf den weiteren Lebensweg zu geben. Herzlichen Dank dafür."

Markus bemerkte, wie Hartwich bei der Erwähnung seiner Frau in sich zusammensank. Lustlos spulte er seinen Redebeitrag ab. Einer der Sitznachbarn von Markus holte sein Handy aus der Tasche und spielte darauf herum. Der Dekan konnte ein Gähnen kaum verbergen.

Nach der Rede kam der Rektor auf beide zu, bedankte sich im Namen der Universität. „Meine Herren, wir benötigen mehr Platz für unsere Physiker. Wir werden einen Architektenwettbewerb für den Neubau durchführen und würden Sie gerne zur Teilnahme einladen. Haben Sie Interesse?"

„Selbstverständlich!" Hartwichs schlechte Laune verflog auf der Stelle. „Wir müssen heute aber leider pünktlich wieder in Berlin sein."

„Ich lasse Ihnen alle Unterlagen zukommen."

Hartwich bat Markus, mit ihm vor der Rückfahrt noch einen kurzen Abstecher in die Innenstadt zu machen.

*

Angelika ging ins Wohnzimmer. Hartwich hatte eine Flasche Wein geöffnet und legte das Buch von Gorbatschow, das er seit Tagen las, beiseite. „Schade, dass du keine Zeit findest, solche Bücher zu lesen. Gorbi ist gut, wirklich. Willst du ein Glas Wein?"

„Ja, gerne. Ich wünschte mir, eines Tages viel Zeit zu haben, dicke Bücher zu schreiben. Dann würde ich mich freuen, wenn du mein Buch mit gleicher Leidenschaft liest. Wie war dein Termin in Greifswald? Haben sie den Zusatz Ernst-Moritz-Arndt-Universität endlich abgelegt?"

„Ich denke schon. Das war gar kein Thema mehr. Wir hatten etwas Zeit und haben uns das Zentrum angesehen. Greifswald ist wieder eine schöne Stadt geworden, Auch die Aula ist toll restauriert. – Ich habe dir etwas mitgebracht. Schließe bitte die Augen."

Hartwich holte ein quadratisches Päckchen aus seiner Aktentasche, fein eingepackt und mit einer silberfarbenen Schleife versehen. „Auf unser Zehnjähriges, liebe Angelika."

Angelika schlug die Hände vors Gesicht. „Das habe ich völlig vergessen, entschuldige. Das ist mir im Termin-Dschungel völlig durchgegangen."

Hartwich überreichte das Päckchen und goss ein Glas Wein ein. „Auf uns!" Er nahm ihr das Collier mit den rubinengefüllten Goldkelchen vom Hals, legte es auf den Beistelltisch, löste die Schleife. Dann holte er eine dunkelgelbe Bernsteinkette aus dem Kästchen, ganz vorsichtig. Er spielte mit dem den Verschluss zwischen seinen Fingern, die aber zu dick waren, um … – Angelika erlöste ihn und schloss die Schließe.

„Man kann nicht nur in Bochum schöne Colliers machen, zu denen man in Greifswald Ketten sagt. Auch andere Goldschmiede verstehen ihr Handwerk. Von mir bekommst du die Ketten persönlich umgehängt, musst sie nicht abholen, nicht lange auf sie warten. Und was dir steht, das weiß ich im Schlaf. – Übrigens wird man uns zur Teilnahme an einem Architektenwettbewerb für den Neubau der Physik in Greifswald einladen."

*

An diesem Morgen sah er den neuen Gast zum ersten Mal. Einen jungen Specht auf der Suche nach einem Zuhause. Der Vogel heftete sich an den rechten Stamm der Weide und hämmerte gegen die Rinde. Gab es eine alte Höhle, oder musste er eine neue bauen? Der Baum hatte inzwischen wieder von oben bis unten grüne Köpfe, und die Stämme waren nahezu vollständig von dünnen Ästen mit feinsten schmalen Blättern verdeckt, aber der Specht hatte sich eine Stelle ausgesucht, an der er ihn gut beobachten konnte. Er folgte ihm mit den Augen, als er mal höher hüpfte, kurz den Baumstamm umrundete und dann wieder zu hämmern begann, mal hier, mal dort. Er suchte die weichste Stelle für ein erstes Loch. Bis er die Höhle beziehen könnte, würde eine Menge Arbeit anfallen.

Seine beiden Tauben hatten sich wohl einen neuen Ast in einem benachbarten Baum gesucht. Hatten sie sich vom Specht vertreiben lassen?

*

Jahr für Jahr trafen sich in Berlin die angesehensten Goldschmiede, lernten neue Techniken kennen, tauschten Erfahrungen aus, ließen sich über aktuelle Trends informieren. Mit dem Zug schaffte Volker es in gut dreieinhalb Stunden von Hauptbahnhof zu Hauptbahnhof.

Er hatte sich mit Alexander für den frühen Nachmittag verabredet. Sie wollten sich an seinem Lieblingsort treffen, dem Berliner Literaturhaus in der Fasanenstraße. Volker mochte die Ruhe in dem wunderschönen Biergarten keine fünfzig Meter vom trubeligen Ku'damm entfernt, das bunte Publikum mit Menschen jeden Alters und von überall her.

Während der Teilung war er nur wenige Male in Berlin gewesen. Er nahm stets das Flugzeug, weil ihm jeder Gedanke an die Grenztruppen einen Schauer über den Rücken jagte. Deren Schikanen wollte er sich nicht aussetzen. Die Mauer hatte er lediglich einmal gesehen, war während einer Weiterbildung in der Nähe des Bundesverwaltungsgerichts mit dem Taxi und einer schweren Tasche zum Reichstagsgebäude gefahren. Das machte damals noch einen trostlosen Eindruck. Den Pflichttermin auf der Aussichtsplattform vor der Mauer hatte er mit großer innerer Erregung absolviert.

*

Alexander war ein sportlicher Typ, hatte sich einen Dreitagebart stehen lassen, vielleicht um von seinem lichter werdenden Haupthaar abzulenken. Sie hatten sich fast ein halbes Jahr nicht gesehen.

„Pa, gut siehst du aus. Tut mir leid, dass wir ich in letzter Zeit nicht nach Bochum kommen konnten. Bei mir ist Land unter."

„Soll ich einen Kaffee bestellen?"

„Lieber ein Wasser. – Die Bahn expandiert und muss sich mit vielen gut stellen. Da müssen wir Eventmanager ordentlich Stimmung machen. Ich soll dich natürlich von deiner Schwiegertochter grüßen. Erzähl, was gibt es Neues in Bochum."

„In den letzten Wochen bin ich aufgeblüht."

„Lass mich raten: eine Frau?"

Volker nickte.

„Kenn ich sie?"

Volker nickte ein weiteres Mal.

„Klara? Nein, Melanie? Sag nicht, die Schneidezahn?"

„Die alle hat dein Bruder auch so aufgezählt."

„Hat Maxe sie denn erraten?"

„Da konnte er nicht draufkommen."

„Raus mit der Sprache. Ich will mich mit dir freuen."

„Sie wohnt ganz in deiner Nähe."

„Hier in Kreuzberg?"

An den Tischen ringsum redeten die Gäste angeregt laut miteinander. Trotzdem sagte Volker fast flüsternd: „Angelika Hermes."

„Unsere Kanzlerin? Quatsch!"

„Nicht so laut!"

„Sie hat doch den Hartwich."

Volker beugte sich ganz nah zu seinem Sohn rüber. „Es ist ernst, sehr ernst. Dein Bruder hat sie schon bei uns bekocht."

„Sie war in Bochum, bei uns zu Hause? Mein Vater schläft mit der Kanzlerin?"

„Tsch, leise. Von Schlafen war nicht die Rede."

„Wie hast du sie denn kennengelernt? Sag nichts. Deine Colliers!"

„Richtig."

„Birgitt war bei einer Ausstellung, welche die Kanzlerin eröffnet hat. Da ist ihr eine Perlenkette mit mattgoldenen Kugeln aufgefallen. Die könnte glatt von dir sein, hat sie gesagt. – Bist du wegen der Hermes nach Berlin gekommen?"

„Wir beschränken uns erst mal auf Bochum. Ja, das Collier ist tatsächlich von mir."

„Und Maxe hat es die ganze Zeit gewusst? – Ich erwürge ihn."

*

Im Kanzleramt war es still. Sie saß allein in ihrem Büro, hatte Bärbel Brinkkötter nach Hause geschickt. Auch in den anderen Büros schien niemand mehr zu arbeiten. Aus Sicherheitsgründen brannte in allen Räumen Licht.

Museler hatte es sich im Fahrerraum bequem gemacht und sah sich wohl ein Fußballspiel an. Er war es gewohnt, dass es spät wurde, sehr spät manchmal. Auch die vom Personenschutz waren gut versorgt.

Die Bundeskanzlerin trat auf die Terrasse und schaute in Richtung Reichstag, der hell erleuchtet war. Es ging auf Mitternacht zu, und trotzdem drängten sich viele Besucher in der Kuppel. In ihren ersten Jahren im Bundestag war sie oft abends dort hinaufgegangen, hatte mit den Menschen gesprochen. So gut wie nie hatte man sie damals erkannt.

Sie erschrak, obwohl sie auf den Anruf gewartet hatte. Er war pünktlich. Viertel vor zwölf, so wie sie es verabredet hatten.

„Volker?"

„Bist du noch im Amt?"

„Du meinst, im Kanzleramt? Ja, ich stehe auf der Terrasse und schaue auf das Reichstagsgebäude. Wie war es in Berlin?"

„Alexander weiß jetzt auch von dir. – Diesmal war ich nicht am Reichstag. Ich war fünfundneunzig dort mit Raphaela und den beiden Jungs während der Verhüllung. Alexander hat damals wunderbare Fotos gemacht. Eines hängt in seinem Zimmer. Vielleicht wirst du es ja mal sehen."

„Ich war zu der Zeit jeden Tag am Reichstag. Wir alle hier hatten es uns nicht so einzigartig vorgestellt. Damals habe ich ein Stück Stoff bekommen. Ich weiß gar nicht, wo ich es habe. Bist du allein zu Hause?"

„Ja, Max ist bei einer Freundin. Er hat das Buch von Al Gore verschlungen, sich Notizen gemacht, Gedanken aufgeschrieben. Er reißt jetzt alle mit für den Klimaschutz, studiert Statistiken, liest wissenschaftliche Aufsätze, sogar auf Englisch. Und er denkt über ein anderes Studium nach. Nicht die Vergangenheit, die Zukunft will er verstehen. Seine alten Parteifreunde hat er schon das ein oder andere Mal in Erklärungsnot gebracht. Sei auf der Hut, wenn du das nächste Mal kommst."

„Wie war dein Treffen der Juweliere? Hat es sich gelohnt?"

„Fachlich eher weniger, aber den ein oder anderen Kollegen zu treffen, freut mich immer."

„Hartwich hat mir auch eine Kette geschenkt. Aus Bernstein. Ich sitze in der Zwickmühle. Welche Kette trage ich zur Neujahrsansprache."

„Die Bochumer natürlich. Bernstein statt Rubine, das geht gar nicht."

*

Wie immer, wenn das Fernsehen im Amt war, wurde es wuselig. Überall standen Kisten, lagen Kabel, bohrten Maschinen. Viele Menschen liefen durchs Haus, alle mit einem gut sichtbaren Besucherausweis am Kragen. Unendlich viele Mikrofone wurden aufgestellt und aufgehängt, es gab Soundchecks und Lichtproben.

Der Regierungssprecher redete auf den Verantwortlichen für die Technik ein. Die Kanzlerin wolle sich vor den großen Fenstern ihres Amtes platzieren, mit dem Reichstagsgebäude im Rücken. Doch das stieß bei der Fernsehcrew auf wenig Gegenliebe. „Die Ansprache wird am Abend gesendet. Da ist es dunkel. Da können wir

Frau Hermes doch nicht am helllichten Tag vor dem Reichstag zeigen." Ein Argument, das den Regierungssprecher überzeugte und auch die Kanzlerin.

*

Gemeinsam ging sie mit der für die Rede verantwortlichen Verfasserin den Text der Ansprache noch mal durch. „Überraschen wir uns damit, was möglich ist", sollte der rote Faden sein.

„Und ich will ein, zwei Sätze zur Energieversorgung und zum Klimaschutz sagen. Hier müssen wir auch international weiterkommen."

Gegen Mittag erschien die Kanzlerin im Fernsehoutfit. Sie hatte einen beigefarbenen Hosenanzug gewählt und die Bernsteinkette angelegt.

Tippelsberg

Volker stand in aller Frühe auf, war schon um sechs Uhr beim Metzger. Dafür musste er sich ins Auto setzen, denn in seinem beschaulichen Stadtteil Grumme nahe dem Stadtzentrum gab es schon lange keinen Metzger mehr, keinen Bäcker und auch keinen Markt. Nach und nach waren viele Geschäfte geschlossen worden. Ein Haushaltswarenladen hatte vor vielen Jahren den An- fang gemacht. Das einzige Schreibwarengeschäft, dem eine Druckerei angeschlossen war, wurde kurze Zeit spä- ter aufgegeben. Herr Maler, ein sechzigjähriger Witwer ohne Kinder, hatte es in dritter Generation geführt. Hier hatten die Grummer ihre Totenbriefe und Hochzeits- karten drucken lassen.

    Der Metzger hatte bereits seit fünf Uhr geöffnet. Volker konnte sich nicht vorstellen, dass überhaupt schon Kun- den im Laden waren, wurde aber eines Besseren belehrt. Drei standen bereits vor ihm. Alles Männer. Bevor er an der Reihe war, wurde ihm klar, warum sie hier so früh öffneten. Für den Ansturm am frühen Vormittag mussten die Verkäuferinnen die Auslagen vorbereiten: Wurst aufschneiden, Schinkenlagen herrichten, Schnit- zel schneiden und klopfen. Da lag es nahe, das Geschäft der Frühaufsteher mitzunehmen. Vielleicht hatte es auch historische Gründe, schließlich war dies die Zeit des Schichtwechsels in den großen Werken gewesen. Opel und der Bochumer Verein lagen in unmittelbarer Nähe. Der Seniorchef war allerdings noch nicht zu sehen. Vol- ker konnte also seine Freude über den Erstliga-Aufstieg des VfL mit niemandem teilen. Für den Abend brauchte er gekochten und rohen Schinken. Und drei Schnitzel. „Klopfen Sie die bitte noch einmal. Ich möchte sie extra dünn. Und vier Scheiben Rossbäff." – Keiner sagte hier Roastbeef.

Beim Bäcker war er allein im Laden. Er kannte die Inhaberin bereits aus der Zeit, als sie noch eine Filiale in Grumme betrieben hatte. Sie stand morgens in den ersten Stunden selbst hinter der Theke. „Zwei Baguette, ein Vollkornbrot und sechs Brötchen, bitte." Er bekam zusätzlich eine kleine bunte Tüte. „Plätzchen für Ihren Sohn."

Und zum Schluss seiner frühmorgendlichen Tour fuhr er über den Tippelsberg in den Nachbarstadtteil zum Riemker Markt.

Es war klare Sicht. Er liebte den Weitblick von der höchsten Erhebung im Bochumer Norden. Heute konnte er tief ins Münsterland schauen, die Haardt schien zum Greifen nahe.

Obwohl der Markt offiziell noch gar nicht geöffnet sein durfte, war schon einiges los. Er war Mittelpunkt des Stadtteils. Mittwochs und samstags traf man sich im Schatten der St.-Franziskus-Kirche. Der Schlesier, wie die Leute den Metzger mit Wurst nach schlesischem Rezept nannten, zog Kunden aus ganz Bochum an. Der Blumenhändler kam aus Düsseldorf, der Eiermann aus Hullern bei Haltern. Für die sechs Eier, die er ihm samstags verkaufte, ein riesiger Aufwand. Einzig der Gemüsehändler Wolff kam aus Riemke, hatte früher einen kleinen Konsumladen direkt an der Herner Straße gehabt. Jetzt konzentrierte er sich auf Obst, Gemüse und Kartoffeln. Die ganze Familie war eingespannt, selbst Enkel im Teenager-Alter verkauften freundlich mit.

Es war Spargelzeit. Bei Wolff kaufte er regelmäßig zehn Stangen Spargel für Maximilian und sich. Heute waren es zwanzig.

„Bekommen Sie Besuch, Herr Luerke? Eine Dame?" Wolff packte die Ware in eine spitze Papiertüte.

„Dazu nehme ich noch zwei Schalen Erdbeeren, drei Bergpfirsiche und eine Rispe Tomaten, bitte. Und zwei Stangen Porree."

Seine Tragetasche quoll über. Er musste aufpassen, dass nichts rausfiel, überlegte, ob er auch noch Blumen mitnehmen sollte, entschied sich aber dagegen. In seinem Garten waren die ersten gelbroten Rosen aufgegangen. Die wollte er ganz frisch abschneiden und ins Wasser stellen.

Um sieben Uhr war er zurück und saß er am Frühstückstisch. Der Kaffee lief durch die Maschine, und das erste Brötchen schmeckte herrlich mit fruchtiger Schwarzer Johannisbeermarmelade.

*

Die Europäische Ratspräsidentschaft forderte Zeit und Aufmerksamkeit. Reisen quer durch Europa, über den großen Teich.

Angelika hatte trotzdem Wort gehalten. Obwohl sie an diesem Tag auch einen Termin in der Hauptstadt hätte wahrnehmen können, hatte sie eine Einladung nach Bochum angenommen. Maximilians Parteifreunde führten ihren Besuch auf den Einfluss des Bundestagspräsidenten zurück.

Angelika hatte Maximilian versprochen, nach ihrer Rede auf dem Westfälischen Sparkassentag wie zufällig am Wahlkampfstand der Jungen Union vorbeizuschauen.

Einen offiziellen Auftritt am Stand ihrer Partei wollte sie vermeiden; es hatte aber auch keine Anfrage gegeben.

*

Kanzlerin überrascht Parteinachwuchs
Bundeskanzlerin Angelika Hermes besuchte gestern spontan den Wahlkampfstand der Jungen Union. Die Nachwuchspolitiker hatten sich auf dem Dr.-Ruer-Platz platziert, in Sichtweite des Sparkassengebäudes, in dem die Kanzlerin eine Rede zum Westfälischen Sparkassentag gehalten hatte. Die Jugendlichen unterbrachen das Verteilen ihrer Flugblätter. Alle wollten der Kanzlerin die Hand schütteln, ein Autogramm, ein Foto mit ihr. Auch Passanten blieben stehen, suchten das Gespräch mit der Regierungschefin. JU-Chef Paul Loebe zeigte sich begeistert. „Wir hatten gehofft, dass die Kanzlerin uns sehen und zum Stand kommen würde. Unser Plan ist voll aufgegangen. Es war toll, einmalig, der Höhepunkt unseres Wahlkampfes." Die Bundeskanzlerin war angetan vom Einsatz des Nachwuchses: „Großartig, so viele engagierte junge Menschen zu sehen. Ein herzliches Dankeschön an alle." Unser Foto zeigt die Bundeskanzlerin, umringt von JU-Mitgliedern.
    Der Kreisvorsitzende und der Kreisgeschäftsführer der Mutterpartei schnaubten vor Wut, als sie den Artikel lasen.

*

Museler hatte in der nichtöffentlichen Tiefgarage der Sparkasse in einem unscheinbaren Auto gewartet, und völlig unbemerkt und ohne Polizeischutz fuhr er Angelika Hermes aus einer entlegenen Ausfahrt auf die Straße. Sie hatte in schwierigen Gesprächen mit dem BKA erreicht, dass es bei ihren Aufenthalten in Bochum keinen sichtbaren Personenschutz gab.

Knapp zehn Minuten danach stand sie mit roter Baseballkappe und Sonnenbrille vor Volkers Haustür.

*

„Du hast in Bochum viele Punkte gemacht. Danke für dein Kommen."

Maximilian kam deutlich später nach Hause als erwartet. Euphorisiert bis in die Haarspitzen. Und er machte aus seinem Herzen keine Mördergrube, sondern ließ seine Begeisterung über den gelungenen Coup mit Angelika heraussprudeln: „Wir waren hin und weg. Alle denken, es sei spontan gewesen. Selbst Paul hat nichts gemerkt."

„Ich habe mich über eure frische Art, Wahlkampf zu machen, gefreut. Macht weiter so."

Angelika erzählte, dass sie Anfang des Jahres bei der Schaffermahlzeit in Bremen gewesen sei. „Da treffen sich einmal im Jahr Mitglieder einer Stiftung zur Unterstützung von bedürftigen Seeleuten zu einem Brudermahl. Die Ehrengäste müssen für die Stiftung Geld spenden, Der Name ist Programm. Alles streng geregelt. Ich war der erste weibliche Ehrengast nach 463 Mahlzeiten." Sie habe die Lacher auf ihrer Seite gehabt, als sie sagte, sie hätten damit wohl keinen Fehlgriff im Hinblick auf die nächsten 463 Schaffermahlzeiten getan und sollten es doch noch einmal oder mehrmals wagen.

*

„Ich habe versprochen, dir etwas von Bochum zu zeigen. Jetzt wäre ein guter Zeitpunkt für eine kleine Runde zu Fuß."

„Ich bin gut gerüstet."

„Die Luft ist klar, es ist nicht zu warm. Wir werden weit sehen können."

Mit Sonnenbrille und Kappe, Volker hatte sich für Partnerlook entschieden, machten sich beide Hand in Hand auf den Weg. „Der Sonnenuntergang wird heute einmalig sein", rief ihnen Maximilian hinterher.

Durch das Gartentor liefen sie direkt auf die Grummer Teiche zu. „Die sind vor Jahrzehnten künstlich angelegt worden. Ein beliebter, aber nicht überlaufener Grüngürtel. Der Grummer Bach speist diese Teichlandschaft."

Als sie an einer viel befahrenen Straße stehen bleiben mussten, winkte ihnen jemand aus einem schwarzen Auto zu und hupte. Ein rundliches Gesicht lächelte sie durch das Seitenfenster an. Graue Strähnen lagen platt auf seinem ansonsten kahlen Kopf. Der Fahrer hob die rechte Hand, reckte den Daumen nach oben.

„Das war der Herr Apotheker, der seinen Kunden immer gerne den allerneusten Tratsch erzählt. Ein Klatschmaul sondergleichen."

Sie gingen auf der anderen Straßenseite weiter an den Teichen entlang, hinter ihnen ein Wäldchen. „Steigen wir auf den Berg?"

Vor ihnen Kanadagänse in Hülle und Fülle. Eltern, begleitet von vielen Küken, watschelten über den Weg. „Neulich habe ich gehört, dass Politiker besonderes Gras säen wollen, das den Vögeln nicht schmeckt, damit sie nicht wiederkommen."

Irgendwo war wohl ein Hund im Anmarsch, denn das Geschnatter der Gänse wurde kreischender, und sie schlugen kräftig mit dem Flügeln, als sie schnellen Schrittes versuchten, den Teich zu erreichen. Der Gänserich sicherte seine Familie nach hinten, indem er wütende Laute ausstieß, sich immer wieder umblickte und angriffslustig mit offenem Schnabel in die Luft schnappte.

Der Spaziergang führte sie weiter durch eine ruhige Sackgasse mit Bungalows aus den Sechzigerjahren, Beamtenhäusern, wie sie genannt wurden, in denen früher die Steiger und Angestellten der Zeche gewohnt hatten. Ansonsten standen Gebäude unterschiedlichen Alters rechts und links der Straße, ziemlich ungeordnet und ohne erkennbare Fluchtlinie. Eine historische Tafel zur Linken machte auf eine Drahtseilbahn aufmerksam, mit der um 1900 von der Zeche auf dem nahegelegenen Höhenrücken Kohle runter zur Eisenbahnstrecke in der Nähe der Herner Straße befördert worden war. „Eine Geschichtsgruppe erforscht die historische Entwicklung des Stadtteils, stellt diese Schilder auf. Grumme ist gut 1200 Jahre alt, war eine fränkische Siedlung."

Volker führte Angelika durch einen schmalen Weg zwischen zwei nah beieinanderstehenden Häusern hindurch. Es ging steil bergauf.

„Jetzt sind wir am Fuße des sagenumwobenen Tippelsbergs."

„Was sind das hier für riesige Betonfüße?"

„Fußabdrücke eines Riesen. Gleich erzähle ich dir mehr."

Einige Kinder versuchten, kurz unter dem Plateau Drachen steigen zu lassen, aber der Wind war heute selbst hier oben nicht kräftig genug.

„Dies ist für mich der schönste Punkt des Ruhrgebiets. Der wahrscheinlich einzige Ort in ganz Deutschland, an dem du die Stadien zweier Erstligisten sehen kannst.

Da vorne das Stadion vom VfL Bochum, dort hinten mit dem weißen Dach die Arena auf Schalke. Und wenn hier Richtung Osten die Bäume etwas niedriger wären, könntest du ein drittes Erstligastadion, die Heimat von Borussia Dortmund, erblicken."

„Als ich dich zum ersten Mal besucht habe, sind wir von Essen aus am Schalker Stadion vorbeigefahren. Museler kannte es."

„Dann bist du auch an dem runden Turm dort hinten vorbeigefahren, der Konzernzentrale des Stromversorgers RWE."

„Dann sitzen dort wohl meine Gesprächspartner für die Energiegespräche, die wir bald führen müssen. Was hat es mit den Fußabdrücken auf sich?"

Volker erzählte ihr die Sage vom Riesen Tippelus, der hier nach einer langen Wanderung durch das Münsterland Rast gemacht und den Sand aus seinen riesigen Schuhen geschüttet hätte, wodurch dieser Berg entstanden wäre; und der wäre in grauer Vorzeit Sitz heidnischer Götter gewesen, weshalb er Diebelsberg, also Teufelsberg genannt wurde.

Volker wies in Richtung Bochumer Innenstadt, wo das Dach des Rathauses zu erkennen war, in Richtung Essen, wo einige Halden durch Kunstwerke markant gestaltet waren, wies auf die Himmelstreppe in Gelsenkirchen, auf die Halde Hoheward, den Gasometer in Oberhausen, die Langenberger Sender.

„Vielleicht kann ich dir ja auch mal die Uckermark zeigen. Ich habe gehört, dass das ganze Ruhrgebiet nur ein Drittel größer ist als unser Kreis. Dort leben gerade etwas mehr als hunderttausend Menschen. Wie viele sind es hier bei euch."

„Mehr als fünf Millionen."

„Dafür ist es hier aber erstaunlich grün; viel grüner, als ich gedacht habe."

Angelika nahm Volkers Hand, drückte sie, legte den Arm um seine Hüfte, und sie blickten gemeinsam auf die untergehende Sonne, die diese herbe Landschaft in ein goldenes Licht tauchte.

Dann nahm Volker Angelika in den Arm und küsste sie.

*

In der Schlüsselablage lag ein Zettel. „Bleibe heute Nacht bei Paul. Euch einen schönen Abend. Max."

„Ich muss zurück nach Berlin. – Uns bleiben zwei Stunden."

Sie standen in der Diele. Angelika umarmte Volker, ergriff seine linke Hand, küsste ihn und legte sie auf ihre Brust. Volker zog Angelika näher zu sich, so dass sie ihre Hand auf seine Hüften, seinen Po drücken konnte. Sie spürte seine Muskeln.

Angelika ergriff mit beiden Händen seinen Kopf, zog ihn auf ihre Schultern. Der feste Oberkörper fühlte sich gut an.

„Du bist die erste Frau seit Raphaelas Tod, die ich küsse. Ich muss es erst wieder lernen."

„Du hast nichts verlernt."

„Gib mir Zeit."

Sanft streichelte sie über seinen Rücken. Volker zitterte leicht. Er griff in ihre Haare, wühlte darin, umfasste ihren Kopf, küsste sie wieder und wieder auf den Mund. Unaufhörlich erkundeten ihre Hände seinen Körper, und seine suchten den Weg zu ihrer Brust. Er wusste, weiter konnte er heute nicht gehen. Es war wie eine Sperre in seinem Kopf. Nach wie vor stand sein Ehebett im Schlafzimmer.

Angelika sah eine breite Coach neben dem Fenster stehen. Sie lenkte ihn dorthin, und beide legten sich erst nebeneinander, dann setzte sich Angelika auf seine Knie, streichelte sanft seine Hüften. Sie sah seine Erregung. Volker umfasste ihre Handgelenke. – Nun wusste sie, mehr würde heute nicht gehen. Er zog sie zu sich hinunter, nahm sie fest in seine Arme.

Womit habe ich diese Frau verdient, dachte er.

*

Als sich Angelika von Volker verabschiedete, legte sie ihm eine quadratische Schachtel in die Hand. „Die ist für Maximilian. Da ist die Bochumer Gedenkmünze drin, die ich heute beim Sparkassentag bekommen habe."

*

Seit dem Tod seiner Frau hatte er sich aus dem Freundeskreis zurückgezogen. Bei seinen wenigen auswärtigen Besuchen war nach ganz kurzer Zeit immer das Gespräch auf Raphaela gekommen. Er hatte sie innig geliebt, konnte es aber nicht ertragen, wenn über sie gesprochen wurde. Er hatte es allen erklärt und um Verständnis gebeten. Wenn er die Trauerarbeit hinter sich gelassen habe, würde er sich melden. So hatte er sich in seine Arbeit gestürzt, das persönliche Erinnern gelernt und gegen das Vergessen angekämpft.

Gemeinsam mit Maximilian hatte er getrauert, manchmal allein gebetet und Gott verflucht. Sein Sohn brauchte ihn. Dessen Schulzeit ging zu Ende, er musste Entscheidungen treffen, wollte den Rat seines Vaters. Sie waren in den Wochen zusammengewachsen wie nie zuvor.

Alexander hatte das tägliche Leiden seiner Mutter nicht miterlebt. Er hatte sein Leben in Berlin weiterführen müssen, und Volker glaubte, dass ihm das ganz ordentlich gelungen war. Bei der Deutschen Bahn hatte er einen guten Job in der Öffentlichkeitsarbeit. Birgitt, seine Frau, arbeitete in der Kulturverwaltung des Senats.

Volker hatte Tage und Nächte in der Klinik am Krankenbett gewacht, war dann an einem Morgen von Maximilian nach Hause geschickt worden. An diesem Tag verstarb Raphaela. Max informierte vom Krankenhaus aus seinen Bruder in Berlin, und auch Magnus, den besten Freund seines Vaters, rief er an. Die beiden kannten sich seit der gemeinsamen Schulzeit. Magnus war Leiter des Botanischen Gartens an der Uni; er wollte allen anderen Bescheid geben.

Maximilian war nicht mit zum Beerdigungskaffee gekommen. Er konnte nicht verstehen, wie man Minuten nach dem endgültigen Abschied eines geliebten Menschen wieder gesellig sein und lachen konnte.

Berlin, Berlin, wir fahren nach Berlin!

Hartwich und Markus saßen in ihrem Büro und betrachteten das Modell für den Wettbewerb der Uni Greifswald. Der Abgabetermin drängte. Tagelang hatten sie oft bis tief in die Nacht diskutiert, skizziert, geplant, entworfen und verworfen, Vor- und Nachteile abgewogen. Jetzt konnte nichts mehr verändert werden. Sie hatten sich für ein rundes Gebäude entschieden mit einer vollständigen Glasfassade, waren sich bewusst, dass dies teurer zu bauen wäre und auch die Ausstattung schwerer zu realisieren; es gab nun mal keine runden Möbel. Aber sie wollten das Risiko eingehen, waren sich sicher, bei der Jury aufzufallen und hoffentlich zu gefallen. Der Modellbauer hatte ihren Entwurf perfekt umgesetzt. Er hatte kein Holz verwendet, sondern Plexiglas. So sprang die gewünschte Transparenz des Gebäudes sofort ins Auge.

„Eine runde Sache." Hartwich ging immer wieder um das Modell herum. „Wir bringen es persönlich nach Greifswald."

*

Volker schob die Drahttür zur Seite, die das Zimmer vor dem Eindringen von Mücken und ähnlichem Getier schützen sollte. Das Sonnenlicht blendete. Es war ihm bisher entgangen, dass der Insektenschutz so viel Licht schluckte. Er hörte eine CD mit Opern-Arien, ließ sie laut in den Garten strömen. Dort draußen liebte er alles, was summt und brummt, wollte aber im Haus keine Tierchen haben. Deswegen nahm er die Nachteile der zusätzlichen Tür in Kauf. Für viel Geld hatte er sie vom Fensterbauer auf Maß anfertigen lassen.

Lauschte die Vogelschar im Garten wieder seinen Opern? Das Zwitschern wurde intensiver, melodiöser. Ein fröhliches Gurren vernahm er allerdings nicht, und ihm fiel auf, dass der Ast, auf dem seine Tauben sonst immer landeten und Platz nahmen, der einzige war, der noch keine neuen Triebe gebildet hatte. Und als hätten sie seine Gedanken erahnt, erschienen dort zunächst die kleine und kurze Zeit später auch die größere Taube. Komm, Hans, komm!, wollte er rufen, und überlegte, ob es nicht an der Zeit sei, ihnen Namen zu geben, schließlich gehörten sie irgendwie schon zu seinem Leben, ja zu seiner Familie.

Als sie davonflogen, stand er auf, um ihnen nachsehen zu können. Sie ließen sich auf dem Dach der Garage nieder und tippelten zur Dachrinne. Sollte sich dort ihr Nest befinden?

Das Telefon klingelte. Es war Detlef. Er arbeitete als Lehrer an einer Gesamtschule und hatte viel Zeit.

„Hast du Lust, mit uns nach Berlin zu fahren? Philipp hat vier VIP-Karten für das Pokalfinale Dortmund gegen Bayern bekommen. Wir wollen ein langes Wochenende draus machen. Freitag hin, Sonntag zurück."

Nach Bochum war ihm Dortmund die liebste Fußballmannschaft. Da das Dortmunder Stadion praktisch immer ausverkauft war, hatte er die Borussia lange nicht live gesehen.

„Wir wollen mit dem Zug fahren. Einverstanden?"

*

Kaum einer hätte vermutet, dass die vier gut aussehenden und modisch gekleideten Herren, die sich auf dem Bahnsteig etwas abseits des Fußballpulks gestellt hatten, auch auf dem Weg zum Pokalfinale waren. Sie trugen teure Sonnenbrillen, zwei von ihnen waren braun gebrannt, was im Mai noch sehr auffallend war. Ihre Haare waren modisch geschnitten, bei Volker vergleichsweise lang. Die Blousons stammten von führenden Modeherstellern, wie sich leicht an den Logos erkennen ließ. Volker vermied es, als lebende Werbeplattform durch die Welt zu laufen, aber manchmal ließ es sich nicht umgehen.

Keiner der vier Herren gab sich äußerlich als Fan zu erkennen, und so wirkliche Fans der Endspielclubs waren sie ja auch nicht. Ihre Herzen schlugen für den VfL, der es zweimal ins Pokalfinale geschafft hatte: 1968 gegen den 1. FC Köln und 1988 gegen die Frankfurter Eintracht. Beide Male hatte er verloren.

Philipp, Detlef, Magnus und Volker hatten 1. Klasse gebucht in der Hoffnung, ohne Gedränge nach Berlin zu kommen. Diese Hoffnung zerstörte sich schon in Dortmund, als auch der Großraumwagen 1. Klasse zum Aufenthaltsort für Fans der Borussia wurde. Es wurde gesungen, gegrölt und getrunken. Was würde erst auf der Rückfahrt passieren, sollte Dortmund gewinnen, wovon hier und jetzt alle ausgingen? Die Fahrt verlief gleichwohl ohne Blessuren, die Kleidung blieb trocken, und so empfanden die Freunde das Ganze als gelungene Einstimmung auf das Spiel.

An echte Gespräche war bei diesem Lärmpegel natürlich nicht zu denken, und alle vier vertieften sich in ihre mitgebrachten Zeitungen. Anhand der Titel konnte man erkennen, wie unterschiedlich ihre politischen Ansichten waren. Während Volker mit der wenig reisetauglichen

Größe der ZEIT kämpfte, blätterte Detlef ziellos durch den Spiegel. Philipp hatte sich in der Bahnhofbuchhandlung die Frankfurter gekauft. Er verschlang wie üblich zunächst das Feuilleton.

„Bochum wird in Berlin prominent vertreten sein. Der Bundestagspräsident ist auch im Stadion, steht in der WAZ." Magnus schlug mit der Hand auf die Zeitungsseite.

„Dann sind wir ja in guter Gesellschaft. Du kennst ihn besser als wir, Volker. Vielleicht sind ja neben ihm noch vier Plätze frei." Detlef zog seine Mundwinkel so breit, wie er konnte.

Philipp machte die Raute. „Da wird wohl eher die Kanzlerin sitzen."

Volker wusste es besser.

*

Sie hatten eine spannende erste Halbzeit gesehen, obwohl keine Tore gefallen waren. In der Pause dann bekamen sie allerdings Schwierigkeiten, die richtige Örtlichkeit zu finden. Der riesige VIP-Bereich war kein Vergleich zur Lounge im Ruhrstadion, die man mit einem Blick erfassen konnte.

„Wir müssen runter. Das Atrium geht über alle Etagen, aber der Mittelpunkt ist unten. Da spielt die Musik, da sind die Klos." Das wusste Volker von Angelika, mit der er vor der Abfahrt gesprochen hatte.

Als sie unten im Atrium ankamen, war die Halbzeitpause bereits fast vorbei. Von der Show, die im Stadionrund stattfand, wollten sie nichts mitbekommen. Schließlich waren sie wegen des Fußballs hier und nicht wegen irgendwelcher Schlagersternchen.

Volker tippte jemand von hinten auf die Schulter und sang: „Sind wir immer noch die Bochumer Jungen …"

Das war eine Anspielung auf das Lied der Bochumer Maischützen, und der Sänger war Klaus Kampelmann.

Woanders feierte man Schützenfeste, in Bochum das Maiabendfest. Im Mittelalter, so wird erzählt, jagten Bochumer Junggesellen plündernden Dortmunder Söldnern geraubtes Vieh wieder ab. – Das musste gefeiert werden, damals wie heute.

„… Junge, da kass die drop verloten."

Volker stimmte in den Refrain ein und stellte anschließend dem Bundestagspräsidenten seine Freunde vor. „Alles VfLer. Aber mit dem VfL kommt man ja in diesen Zeiten nicht nach Berlin."

„Das kann noch werden …" – Der Präsident winkte jemandem zu und ging mit drei schnellen Schritten durch die Freunde hindurch. „Angelika, wie schön, auch dich hier unten zu treffen. Das sind vier Herren aus meinem Wahlkreis …"

„… die mal richtig guten Fußball sehen wollen." Sie gab jedem von ihnen die Hand.

Als sie Volkers Hand nahm, rief der Präsident: „Aber ihr kennt euch doch. Herr Luerke ist der Goldschmied aus Bochum. Hat er nicht Ketten für dich angefertigt?"

*

Für den Abend hatte Volker einen Tisch bei Diekmann in der Meinekestraße reserviert. Hier war er schon einige Male gewesen. Das Ambiente des alten Kolonialwarenladens hatte ihn vom ersten Besuch an begeistert. Auch die Küche war sehr ordentlich und für Berliner Verhältnisse preiswert. Und sie übernachteten im Kempinski;

da mussten sie nur zwei Minuten laufen, um ins Bett zu kommen.

Die vier sprachen über das Spiel, den 3:1-Sieg des Revierclubs, die Entscheidungen des Schiedsrichters, über die Tore und die Siegprämien.

„Da könnten die Spieler ihren Frauen bei dir schöne Klunker kaufen." Detlef fasste sich ans Ohr und zeichnete mit dem Finger dicke Ohrringe daran.

„Ich wusste gar nicht, dass du für die Kanzlerin Ketten anfertigst. Wenn unsere Frauen das erfahren, werden sie uns noch häufiger in dein Geschäft schicken. Wie bist du denn an die Hermes gekommen?" Philipp schaute Volker gerade in die Augen, während er mit seinen Händen versuchte, eine Raute zu formen, die aber eher aussah wie ein Dreieck.

„Ich habe für die Landwirtschaftsministerin mehrere Colliers gefertigt, und irgendwann rief die Kanzlerin bei mir im Geschäft an."

„Und dann schickst du der irgendwelche Ketten? Und woher weißt du überhaupt, was der gefällt?" Magnus breitete kurz die Hände aus, führte sie dann zusammen, um mit Daumen und Zeigefinger ein Herzchen zu formen.

„Auf der Triennale habe ich sie persönlich kennengelernt, und irgendwann stand sie vor meiner Tür. Deshalb kenne ich ihren Geschmack."

„Wenn ich das Johanna erzähle, denkt die, wir hätten gekifft." Philipp führte seine rechte Hand an den Mund und tat, als zöge er an einem Joint.

*

Für die Rückfahrt hatten sie ein ganzes Abteil reserviert, und sie konnten sich auf den Sitzen etwas langmachen. Das Wochenende hatte sie mehr mitgenommen, als sie zugeben wollten. Einer nach dem anderen nickte ein.

Kurz vor Magdeburg fuhr der Zug langsamer, bevor er ganz zum Stehen kam.

„Wegen eines Personenschadens mussten wir auf der Strecke halten. Wir werden die Fahrt fortsetzen, aber Hannover Hauptbahnhof nicht anfahren."

„Nicht schon wieder!" Volker war hochgeschreckt.

„Hat sich wieder jemand vor den Zug geworfen?!" Magnus rieb sich die Augen.

Die allgemeine Unruhe ließ auch Detlef wach werden. „Das wird uns wenigstens eine Stunde kosten. Ich sage Eva Bescheid, damit sie sich keine Sorgen macht." Er nahm sein Mobiltelefon und begab sich in den Gang.

Philipps Kopf lehnte an der Fensterscheibe. Er schlief weiter tief und fest, und auch Magnus war wohl wieder eingenickt.

Volkers Handy klingelte. Angelikas Nummer. Er überlegte, ob er den Anruf annehmen sollte. Detlef stand auf dem Gang, die beiden anderen schliefen. Es könnte lange dauern, bis sie mal wieder Zeit hätte. – Er drückte die grüne Taste.

„Hallo, Angelika. Wir stehen kurz vor Magdeburg. Wegen eines Personenschadens. Es ist schön, dass du dich meldest."

„Ich bin die ganze Woche nicht erreichbar. Der französische Präsident kommt zu Besuch."

„Der Besuch des französischen Präsidenten ist wichtig, ganz klar. Lass uns überlegen, wo wir uns als nächstes treffen. Gute Beratungen."

Er drückte den roten Knopf.

Magnus tat so, als wache er auf. Hatte er gerade ein Gespräch zwischen seinem besten Freund und der Bundeskanzlerin mitgehört?

*

Mit reichlich Verspätung kamen sie im Bochumer Hauptbahnhof an. Philipp wollte sie alle nach Hause fahren. Er hatte sein Auto in der Tiefgarage abgestellt. „Erst Volker nach Grumme, dann Magnus nach Wattenscheid und über Dahlhausen nach Stiepel. In Ordnung?" Da der Vorschlag eine gewisse geografische Logik aufwies, widersprach niemand.

*

Die Fahrt zu Volker dauerte lediglich knappe zehn Minuten.

„Es war ein tolles Wochenende mit euch. Danke, dass ihr mich mitgenommen habt. Als einsamer Witwer fehlt mir jetzt doch manchmal die Gesellschaft. Bis die Tage. Und kommt gut nach Hause."

*

„Wisst ihr, mit wem er im Zug telefoniert hat! – Mit der Angelika."

„Mit welcher Angelika?"

„Mit der Angelika Hermes, unserer Bundeskanzlerin."

„Du spinnst."

„Er hat mit einer Angelika telefoniert, die den französischen Präsidenten empfängt."

„Vielleicht wollte sie eine Kette bestellen!"

„Von einer Kette war nicht die Rede, wohl aber vom nächsten Treffen. Und alles per Du."

„Du bist sein bester Freund. Frag ihn, Magnus!"

„Mach ich. Sofort nach der Wahl."

*

Plötzlich kam sie angeflogen. Eine seiner Tauben. Sie landete am tiefsten Punkt, dort, wo die beiden dicken Finger der Weide auseinandergewachsen waren, und blieb allein.

Es war schwül. Gestern Abend war ein ziemlich schweres Gewitter über die Region hinweggezogen. Blitz folgte auf Blitz, Donner löste Donner ab. Im Garten konnte er keine Schäden erkennen. Alle Äste waren noch dran.

Der Regen reichte ihm inzwischen. Die Bauern klagten immer noch: Das Wasser sei nach dem trockenen Sommer noch nicht in den tieferen Bodenschichten angekommen. Für seinen Garten reichte es längst.

Heimtückisch

Einen Tag nach der Landtagswahl – die Christdemokra-
ten waren krachend gescheitert – hatte Volker mittags
stechende Schmerzen in der Brust verspürt. Sein Hausarzt wies ihn in die Notaufnahme des Josef-Hospitals
ein. Alle waren freundlich, aber es gab keine Diagnose.
Die Oberärztin sollte entscheiden, ob noch ein CT gemacht werden müsste. Seine Blase war voll. Er fragte, wo
die Toilette sei. – Auf keinen Fall aufstehen! Flasche oder
Toilettenstuhl. Er entschied sich für den Stuhl.

Während der Computertomografie konnte er kaum
ruhig auf dem Untersuchungsschlitten liegen, so sehr
schmerzte sein Brustkorb. Er wartete eine halbe Ewig-
keit. Dann kamen aus dem Überwachungsraum gleich
drei Ärzte: der Chefarzt der Intensivmedizin sowie die
Chefs der Gefäßchirurgie und der Radiologe. Der Ge-
fäßchirurg, Professor Hammes, sah ihn ernst an: „Riss
der Aorta bis in die Abzweigungen zu Darm und Nieren.
Das sieht nicht gut aus. Wir müssen sofort operieren."

*

Er sah herab auf sein Krankenzimmer. Dort lag er im
Bett, wild um sich schlagend. Gestalten, die aussahen wie
Schneemännchen, krabbelten aus den Ritzen der Lüf-
tungsklappen. Er hörte Stimmen, die ihn an alte Schall-
plattenaufnahmen erinnerten. Die Oberbürgermeisterin
sang das „Bochumer Jungen"-Lied, versuchte ihre Haare
zu ordnen. Es regnete. Sie wurde nass. Blitze in gelb,

blau, grün. Grönemeyer stopfte sich eine Currywurst in den Mund und versuchte „Bochum" anzustimmen, aber der Specht flog aus Grönemeyers Mund. Blitze. In seinem Garten Angelika und er als Täubin und Täuber auf einem Ast. Sie schnäbelten. Hartwich als schwarzer Vogel. Raphaela warf einen Urinbeutel nach ihm, spielte „Looking for freedom" auf dem Klavier. Klaus dirigierte Wagner. Hartwich hielt sich die Ohren zu, an denen rote Karneole hingen. Alexander mit Flügeln. Wasser strömte, Feuer loderte, Bäume schaukelten im Wind. Erklang da irgendwo „Ganz in Weiß" von Roy Black? Blitze. Ein Gesicht tauchte auf, riesig, ganz nah. Der Mund öffnete sich, eine helle Stimme rief …

„Herr Luerke, aufwachen!"

Eine junge Frau stand neben ihm. Lächelnd, lange blonde Haare, weiß gekleidet. Ein Engel.

„Ich bin Schwester Julia. Ihr Blutdruck ist zu hoch, wir müssen die Dosis steigern."

*

Der diensthabende Arzt forderte ihn auf, an nichts zu denken. Er brauche absolute Ruhe, damit nicht die letzte verbliebene Aorta-Schicht auch noch reiße. Man gebe ihm Mittel, die den Blutdruck drastisch senken sollten.

*

„Pa liegt im Krankenhaus. Auf der Intensivstation. Gruß Maximilian."

Angelika erhielt die Mitteilung in der Konferenz der europäischen Staatschefs. Sie versuchte, ruhig zu bleiben. Als Vorsitzende des Rates waren alle Blicke auf sie

gerichtet. Keine Zeit zu simsen. Sie würde die nächste
Pause abwarten müssen.

*

Angelika bat Frau Brinkkötter, die Kontaktdaten von
Maximilian herauszubekommen.

Nach einer halben Stunde kam BB ins Büro, legte ihr
eine Telefonnummer auf den Tisch. „Soll ich Sie verbinden?"

„Das ist lieb, aber das will ich alleine versuchen. Und
lassen Sie mich eine Zeit lang ungestört, bitte."

Sie wählte die Nummer, aber sie wurde weggedrückt.
Beim vierten Versuch meldete sich Maximilian. Sie erkannte seine Stimme sofort, obwohl er sehr leise sprach.

„Ich fasse es nicht. Die Bundesvorsitzende ruft mich in
einer Kreisvorstandssitzung an."

„Ich will nur wissen, was passiert ist und wie es Volker
geht."

„Er liegt auf der Intensivstation. Sie haben ihm absolute Ruhe verordnet. Viel mehr weiß ich auch nicht. Ich
bringe ihm gleich ein paar Klamotten."

„Was hat er denn genau?"

„Riss der Aorta bis in die Abzweigungen zu Darm und
Nieren. Sie mussten sofort operieren."

„Kann ich ihn besuchen?"

„Ich denke, das ist keine gute Idee. Ich rufe dich an
oder schicke eine SMS."

*

Nach einer Woche wurde Volker von der Intensivstation
auf die Überwachungsstation verlegt. Er war zwar noch

an viele Geräte angeschlossen, aber die Schläuche wurden weniger, kein Katheter mehr.

Eine junge Praktikantin brachte eine Schale mit einem Dutzend Tabletten. „Soll ich die nehmen?"

„Ja, alle auf einmal."

Eine weitere Woche später kam er auf die normale Privatstation, in ein luxuriöses Einzelzimmer.

*

Es war Pfingstmontag, als Professor Hammes sich an sein Bett setzte. Er habe keine Hoffnung, die Dissektion, so der ärztliche Fachausdruck, mit konservativen Mitteln zu heilen. Es gebe seit kurzem aber die Möglichkeit, einen Stent in die Aorta zu setzen und damit die Aorta-Wand zu stabilisieren, im besten Fall zu reparieren. Diese Methode beherrsche allerdings nur einer, der Chefarzt der Herzchirurgie in Rostock. Volker müsse sich schnell entscheiden. „Es ist gutes Flugwetter, und ich rate ihnen dringend, diesen Strohhalm zu ergreifen."

*

Als der Leitende Oberarzt die Papiere brachte, verabschiedete er ihn mit dem Worten: „Da haben Sie sich eine heimtückische Krankheit ausgesucht. Nach und nach werden einzelne Organe versagen. Rostock ist ihre Chance. Nutzen Sie die."

*

Im Dreibettzimmer der Rostocker Uniklinik war es kalt. Er schaltete das Fernsehgerät ein und zappte einmal durch. Nichts gefiel ihm. Er erwartete den Chefarzt, schaute aus dem Fenster. Die Heizung hatte er hochgedreht. Er wollte in dieser beschissenen Situation nicht auch noch frieren.

*

Da er nur wenige Toilettensachen bei sich hatte, ging am Morgen das erste Waschen in ein paar Minuten über die Bühne. Das Frühstück kam nicht. Als es fast neun Uhr war, fragte er nach. Man hatte ihn vergessen. Es dauerte danach nicht lange, bis Pfefferminztee, ein Brötchen, Butter, Marmelade und ein kaltes Ei hingestellt wurden. Er hasste kalte Eier, aß nur das Brötchen.

Der Stationsarzt kam, fragte, erklärte, wollte Dinge wissen, die er nicht wusste. Nach dessen Besuch setzte er sich an den kleinen Tisch, trank den restlichen Pfefferminztee aus und schrieb Maximilian eine Nachricht.

*

Zwei Pfleger schoben ein Bett in den Raum. Der Patient mittleren Alters stöhnte bei jedem Atemzug. Ein Ständer mit Infusionen und Geräten folgte. Am unteren Ende des Bettes war ein Beutel angebracht, halb voll mit blutigem Urin.

„Herr Fiebig kommt von der Intensivstation. Er ist vorgestern operiert worden. Alle Zimmer sind voll." Einer der Pfleger hob den Kopf des Patienten etwas an und gab ihm aus einer Schnabeltasse zu trinken.

*

Maximilian hatte ihm drei dicke Bücher in die Reisetasche gepackt, außerdem viel Papier zum Kritzeln und Zeichnen. Er war froh, schreiben, entwerfen, lesen zu können.

*

„Sie sind bestimmt ein Intellektueller."
  „Ich bin Goldschmied, entwerfe Schmuck. Gerade kam mir die Idee für eine Kette."
  Herr Fiebig begann zu stöhnen und drückte den Notruf.

*

„Warum Rostock? – Obwohl ich ihn dort wunderbar besuchen könnte."
  „Irgendwie bauen sie ihm was in die Aorta ein. Der Chefarzt da ist wohl der Einzige in ganz Deutschland, der das kann. In Bochum war seine Verlegung ein Riesending. Das Hospital hat keinen Heliport. Er wurde er mit dem Rettungswagen zu den Trainingsplätzen am Stadion gefahren, weil nur dort Hubschrauber landen können. Die Kids mussten ihr Fußballtraining sogar unterbrechen. Er hat mir eine SMS geschickt, dass er gut in Rostock gelandet ist. Sobald ich mehr weiß, rufe ich dich an."

*

Angelikas Anruf beim Chef der Uniklinik löste hinter den Kulissen große Hektik aus. Wenn es ein Aortenriss sei, dann müsse der Patient aus Bochum normalerweise auf der Überwachungsstation der Herzchirurgie liegen. Er werde sich gleich erkundigen. Professor Richter sei die erste Adresse für solche Eingriffe. Sehr erfolgreich. Bei ihm sei ihr Bekannter in guten Händen.

Sie sagte, sie wolle kein Aufsehen erregen. Er solle mit dem Sohn sprechen, da sie in nächster Zeit schwer zu erreichen sei. „Der G8-Gipfel, Sie wissen sicher."

*

Das Telefon klingelte. Es war Maximilian.

„Es geht ihm den Umständen entsprechend gut. Es dauert, bis sie ihn operieren. Der Chefarzt wird das entscheiden. Erst muss noch ein passgenauer Stent angefertigt werden. Pa ist guter Dinge. Er lässt dich herzlich grüßen."

„Zurzeit habe ich keine freie Minute. Die Vorbereitungen für den Weltwirtschaftsgipfel in Heiligendamm. Halte mich per SMS auf dem Laufenden."

„Grüß den britischen Premier von mir. Ich finde ihn cool."

*

Professor Richter strahlte Ruhe aus und freute sich über die Anerkennung, die er auch an der Ruhr genoss. „Der Stent ist in drei Tagen hier. Wir müssen allerdings eine Operation vorschalten. Die Anschlussadern in den Kopf müssen verlegt werden, sonst kann der Stent nicht befestigt werden." Hierfür seien zusätzliche Bilder, ein MRT vom Kopf, notwendig. Man senke weiterhin seinen Blutdruck. Der sei schuld, dass es zum Riss gekommen sei.

*

Am Abend vor der ersten Operation erschien der Anästhesist, um ihn über die Gefahren des Eingriffs aufzuklären.

Danach begann er, einen Abschiedsbrief zu schreiben:

„Lieber Alexander, lieber Maximilian, liebe Birgitt, vielleicht ist dies meine letzte Nachricht an Euch drei. Gerade war der Narkose-Arzt bei mir. Bisher hat mir Professor Richter Zuversicht vermittelt. Es wird alles gut. Sie schaffen das. Der Anästhesist aber hat mich in großer Angst zurückgelassen. Es muss nicht gutgehen, es kann auch schieflaufen. Wenn es das tut, dann findet ihr alle nötigen Unterlagen in der linken Schublade meines Nachttisches. Ich liebe Euch und bin stolz auf das, was Ihr geschafft habt. Und Ihr werdet noch mehr schaffen. Das Leben liegt vor Euch. Greift es mit beiden Händen. Und bleibt zusammen, steht einander bei, wenn es einem von Euch schlecht geht. Vergesst Eure Mutter nicht und denkt auch ab und zu an mich. Ich hätte Euch so gern noch weiter begleitet.

In Liebe

Euer Vater.“

Er knickte den Brief sorgfältig. Da er kein Kuvert hatte, schrieb er die Namen hinten auf das Blatt, legte es in die Schublade des Nachttisches.

*

Angelika wollte den Aufenthalt im Krankenhaus als einen alltäglichen Vorgang darstellen: Die Parteivorsitzende besucht einen guten Parteifreund; die Abgeordnete des hiesigen Wahlkreises informiert sich über den Stand der Herzforschung im Uniklinikum.

*

Er schaffte es. Nur zwei Tage nach der zweiten OP wurde er wieder auf eine normale Station verlegt, freute sich, als Angelika ihn anrief, und fragte, wann sie vorbeikommen könne.

Die Welt in Heiligendamm

Auf der Kommode vor ihm lagen zwei hellbraune Leder-koffer. Ein kleiner und ein großer. Er legte sie auf das Bett. Den kleinen bereitete er für seinen Aufenthalt in Heiligendamm vor, den großen für den Kongress in Siena.

Er hatte eingesehen, dass er in Heiligendamm als Mann der Gastgeberin beim festlichen Dinner am ersten Abend ebenso wenig fehlen durfte wie beim Damenprogramm nach der Ankunft der internationalen Gäste, hatte aber durchgesetzt, dass er nur einen Tag vor Ort bleiben muss-te, denn den lange zugesagten Vortrag beim sechstägigen Kongress in Siena, der sich daran anschloss, wollte er nicht absagen. Siena und die Toskana waren für ihn als Architekt Sehnsuchtsorte.

Angelika würde ihn nicht besonders vermissen, wollte sie doch direkt nach dem Gipfel vier Tage lang völlig abschalten.

Den großen Koffer packte Hartwich so, wie es ihm ge-fiel. Ein graues Jackett, zwei schwarze Hosen, eine Kra-watte, Unter- und Nachtwäsche, Jeans und einige Hem-den. Seinen Kulturbeutel legte er zwischen die Hemden.

Für Heiligendamm hatte er vom Protokollchef des Kanzleramtes eine genaue Checkliste bekommen, was zwingend mitzuführen sei:

Grauer Anzug, gedeckte Krawatte (möglichst ohne Streifen, um jede Club- oder Clanzugehörigkeit aus-zuschließen), weiße Hemden, Baumwolltaschentücher, schwarze Socken, Smoking-Jacke, Smoking-Hose, Smo-king-Fliege (am besten fertig gebunden), Lackschuhe, lange schwarze Seidenstrümpfe, Smoking-Hemd mit Umschlagmanschetten, Kläppchenkragen und verdeckter Knopfleiste, goldene oder silberne Manschettenknöpfe, Kummerbund.

Wie er das alles hasste!

Obenauf in seinen kleinen Koffer legte er das Damenprogramm für die drei Tage. Es war auf Büttenpapier gedruckt, in Deutsch, Englisch und Französisch. Warum, so fragte er sich, nicht in Japanisch, nahm doch auch der japanische Ministerpräsident am Gipfel teil.

*

Gegen Mittag fuhr die Bundeskanzlerin nach Heiligendamm, um sich vor Ort ein Bild von den Vorbereitungen für den Gipfel zu machen. Alles war ruhig und still. Ab Bad Doberan sogar totenstill. Kein Mensch auf der Straße. Trotzdem fühlte sie sich beobachtet.

Museler ging es genauso. „Hier wird wohl hinter jedem Baum ein Polizist stehen."

„Es erinnert mich ein wenig an Sperrgebiete in der DDR."

Die weißen Villen von Heiligendamm kamen in Sichtweite. Das Tor des Hotelzauns wurde von zwei bewaffneten Sicherheitsleuten geöffnet. Vor dem Hoteleingang erwartete sie der Protokollchef. Aus dem Wagen hinter ihr stieg der Regierungssprecher, der für den Nachmittag im Hotel zu einer Pressekonferenz geladen hatte.

Der Konferenzraum war vorbereitet. Die kleinen Fähnchen und die Namensschilder legten die Sitzordnung am runden Konferenztisch fest. Letzte Soundchecks wurden durchgeführt. Die Wege zu den Delegationsräumen waren kurz, die Räume funktional und ausreichend groß.

Sie ließ sich ihre Suite und die einiger Gäste zeigen. Alle besaßen einen ausgezeichneten Blick auf die Ostsee. „Das blaue Ding da draußen am Strand kommt aber weg?!" Sie zeigte auf etwas, das genau in der Mitte der Anlage stand.

„Ich würde Sie gerne hinführen und Ihnen zeigen, was das ist." Der Protokollchef fingerte in seinen Unterlagen.

Angelika schaute ihn von der Seite fragend an.

„Nun spannen Sie die Kanzlerin nicht auf die Folter." Der Regierungssprecher zwinkerte mit dem linken Auge, grinste bübisch. „Aber wir gehen ja gleich nach draußen."

Zunächst absolvierten sie noch einen Besuch in der großen Küche. Die Kanzlerin erkundigte sich nach der Herkunft der Lebensmittel, die verwendet würden.

„Wir bieten typische deutsche Spezialitäten. Die Zutaten kommen nahezu ausnahmslos aus der Region, sieht man von einigen Früchten ab wie Weintrauben, Ananas und Zitronen. Sie können sich selbst überzeugen. Wir haben für Sie und Ihre Begleiter nach dem Rundgang einen kleinen Imbiss vorbereitet. Königsberger Klopse."

Die Kanzlerin reckte den rechten Daumen nach oben und schnalzte mit der Zunge. „Dann lassen Sie uns schnell machen." Woraufhin der Protokollchef sie nach draußen lenkte.

Gemeinsam mit dem Regierungssprecher gingen sie in Richtung Strand. Letzterer erkannte ihn als Erster. „Wer ist denn bloß auf diese Idee gekommen?" Beide Augen zwinkerten.

Sie standen vor einem riesigen, leicht gebogenen, blauen Ostseestrandkorb. In ihm könnten alle Regierungschefs gemeinsam Platz nehmen. Die Kanzlerin ließ sich gar nicht erst bitten und setzte sich sofort in die Mitte dieses XXXL-Korbes.

„Das Bild mit Ihnen und den Gipfelteilnehmern, es wird um die Welt gehen. Es wird Ihnen und Mecklenburg-Vorpommern alle Ehre machen." Der Protokollchef machte eine tiefe Verbeugung und berichtete, man habe zunächst zehn einzelne Körbe aufstellen wollen. Ein junger Korbmacher aus Heringsdorf habe dann die Idee für diesen Riesenstrandkorb gehabt. „Ich habe seinen Namen in den Unterlagen gerade leider nicht gefunden."

„Laden Sie den Mann zu einem kurzen Besuch während des Gipfels ein. Ich möchte ihn kennenlernen und ihm persönlich danken."

*

Die Atmosphäre im Krankenhaus war eigenartig. Auf der einen Seite superfreundliche Krankenschwestern und Pfleger auf der Überwachungsstation. Auf der anderen Seite der Flur wie zugenagelt. Keine Tür stand auf, kein Geräusch war zu hören, kein schmückendes Bild oder Ähnliches zu sehen. Alles nur beige und braun.

Volker hatte mit ganz, ganz leichter Krankengymnastik begonnen. Dank einer Therapeutin schaffte er ein, zwei kurze Wege auf dem Flur, und mit viel Kraftanstrengung bewältigte er eine halbe Treppe hinunter und wieder hinauf. Danach war er so geschafft, dass er sich sofort ins Bett legen musste.

Es braucht die gesamte Erfahrung vieler Jahre, um richtig zu stechen. Leider fehlte hier einigen diese Erfahrung. Seine Arme und Handrücken waren durch die vielen Blutabnahmen, Infusionen und Spritzen blau, grün und violett. Und er hatte von Natur aus schlechte Venen. Einmal war ihm während des Schlafes ein falsch gelegter Zugang aus dem Arm gerutscht und viel Flüssigkeit nach und nach in sein Bett getropft. Als er morgens die Schwester bat, die Bettwäsche zu wechseln, redete die sich raus. So musste er lange im nassen Bett liegen bleiben, denn alleine aufstehen durfte er nicht.

Er war zu schwach zum Skizzieren und Zeichnen. Ein Buch zu halten, fiel ihm schwer. So hatte er genügend Zeit zum Nachdenken. Er dachte an den Abschiedsbrief. Als er nach der zweiten Operation zurück auf sein Zimmer gekommen war, hatte er ihn aus dem Nachttisch genommen und sofort zerrissen. „Es muss nicht gutgehen", hatte er geschrieben, doch Professor Richter hatte mit seiner Zuversicht recht behalten. Er hatte es geschafft. Was würde er noch schaffen? Würde seine Zuneigung zu Angelika von Dauer sein? Würde sie erwidert werden? Er wünschte es sich. Würde er Raphaela vergessen? Er hoffte, niemals.

Es klopfte. Visite. Professor Richter betrat das Zimmer. Er verströmte genau die Ruhe, Kompetenz und Zuversicht, die ihm guttat. Zum anderen verkündete er regelmäßig Verbesserungen seines Gesundheitszustandes, die ihn aufmunterten. Und gestern hatte er ihm mitgeteilt, dass bei gleichbleibender Entwicklung wohl bald seine Entlassung erfolgen könne. Außerdem informierte er ihn über den geplanten Besuch der Bundeskanzlerin. Er werde Frau Hermes in der gebotenen Kürze und der notwendigen Tiefe Einblick in die wissenschaftliche Arbeit seiner Abteilung gewähren. Selbstverständlich, so der ausdrückliche Wunsch der Klinikleitung, werde er ihr auch die neuen OP-Säle zeigen.

*

Die Erläuterungen durch Professor Richter waren anregend, die Besichtigung des Operationstraktes war beeindruckend. Der Bildschirm, auf dem der Operateur seine Arbeit in den Venen und im Herzen millimetergenau verfolgen konnte, hatte riesige Ausmaße. Selbstverständlich gab es einen Fototermin für die Lokalzeitung und ein kleines Präsent für sie: eine Schachtel mit roten Marzipanherzen.

„Frau Bundeskanzlerin, hier ist das Zimmer von Herrn Luerke. Ich werde mich verabschieden. Die Stationsschwester weiß Bescheid und wird sie hinausbegleiten, wenn Sie schellen. Man verläuft sich leicht in unserem Haus. Danke für Ihren Besuch und Ihr Interesse an unserer Arbeit. Es war mir eine Freude und Ehre."

„Herr Professor Richter, ich bin insgesamt sehr beeindruckt von Ihrer Forschung und Ihrer Arbeit. Sollten Sie mal Hilfe benötigen, melden Sie sich."

„Viel Erfolg Ihnen in Heiligendamm. Ich werde den Gipfel jetzt mit anderen Augen sehen."

Er reichte ihr die Hand, sie lächelte ihn an, drehte sich zur Tür und klopfte.

*

Das Fernsehgerät lief und zeigte Bilder aus Heiligendamm. Der Regierungssprecher erläuterte gerade den geplanten Ablauf des Gipfels.

Volker war eingeschlafen.

Angelika wollte die Fernbedienung aus seiner Hand lösen, doch davon wurde er wach. Sie beugte sich über ihn und küsste ihn auf den Mund.

„Der Chefarzt ist sehr zufrieden mit dir."

„Und ich bin auch sehr zufrieden mit ihm."

„Dein Arzt in Bochum hat großen Anteil daran. Er hat wahre Größe gezeigt, hat zugegeben, an seine Grenzen gekommen zu sein, und dir eine andere Behandlung empfohlen. Das würde nicht jeder machen."

„Ich werde Professor Hammes aufsuchen, wenn ich wieder in zu Hause bin. Vielleicht schon in der übernächsten Woche. Ich muss dann sowieso zu Kontrolluntersuchungen."

„Der Chefarzt hat mir gerade gesagt, dass du bald entlassen wirst. Willst du sofort zurück?"

Angelika legte ihm ein kleines Päckchen von der Größe einer Packung Zigaretten in die Hand. Neugierig entfernte er das Papier. Eine einfache Holzschachtel mit einem Schiebedeckel kam zum Vorschein. Sie wog fast nichts. Langsam schob er den Deckel nach hinten.

„Das ist der Schlüssel zu einem Haus auf Hiddensee, dem Haus meiner Tante. Niemand weiß, dass ich diesen Schlüssel von ihr bekommen habe. Als sie ihn mir gab, sagte sie: Wenn du mal so richtig abschalten willst, kannst du mein Haus in Neuendorf nutzen. – Ich habe schon lange geplant, mal so richtig abzuschalten, und wäre glücklich, wenn du dabei an meiner Seite wärest. Das alles kann doch kein Zufall sein: du in Rostock, ich in Heiligendamm, Hartwich auf einer Tagung in Italien, das leere Haus auf Hiddensee. Ich glaube, das ist Schicksal."

*

Das Fernsehen lief, und Volker war hellwach. Dort war die Hölle los und Angelika mittendrin. Alle Gegner des Gipfels hatten sich in und um Rostock und Heiligendamm versammelt. Molli, die bekannte Schmalspur-Eisenbahn, konnte nicht wie geplant die Journalisten zum

Tagungsort bringen. Die Strecke des historischen Zuges wurde zwischen Bad Doberan und Heiligendamm von Gipfelgegnern blockiert. Gerade berichtete ein Reporter über die Anliegen der Demonstranten. Und er kündigte für den Abend ein Großkonzert an, auf dem auch Herbert Grönemeyer auftreten sollte.

Zwei Bochumer in Rostock. – Volker besann sich auf den kurzen Abschnitt seines Lebens, als Grönemeyer wie selbstverständlich in Bochum präsent war. Herbert war damals nur wenigen Eingeweihten bekannt, und noch weniger mochten ihn. Er erinnerte sich an einen Freund, der immer davon redete, wie wenig man dessen Texte verstehen könne. Jetzt war Herbert das Bochumer Aushängeschild schlechthin. Die Schwestern in der Uniklinik hatten ihn als erstes auf die Currywurst und das „Bochum"-Lied angesprochen. Die Hymne seiner Stadt war hier bekannt wie überall. Herbert Grönemeyer hatte seine Aufnahme weit im Osten erleichtert. Wie gern wäre er aufgestanden, hätte sich ein Ticket besorgt und wäre zum Konzert gegangen.

Er sah, wie die Kanzlerin und ihr Mann die Gäste begrüßten, einen nach dem anderen, die meisten in Begleitung. Seine Sympathien für die Mehrheit von denen hielten sich in Grenzen. Lediglich der britische Premier imponierte ihm. Das Ziel, eine neue Gesellschaft zu schaffen, in der sich einer für alle und alle für einen einsetzten, fand er großartig. Auch Maximilian war vom englischen Weg beeindruckt.

Als sich die Teilnehmer zu ihren Beratungen zurückzogen, schaltete er das Fernsehen aus, drehte sich auf die Seite und schlief ein.

*

Die meisten standen in kleinen Gruppen zusammen. Der französische Präsident hatte bereits Platz genommen. Der amerikanische Präsident fehlte.

Aus der US-Delegation löste sich die Sicherheitsberaterin und kam auf die Kanzlerin zu. Der Präsident fühle sich nicht wohl und wolle die erste Nachmittagsrunde auslassen. Sie möge mit den Beratungen beginnen. Das Thema Investitionsfreiheit sei ja ohnehin spannungsfrei.

*

Gegen 17 Uhr war der Spaziergang zur Ostsee angesetzt. Vorab verschwanden die Herren, um sich leger zu kleiden. Sie wussten um die Bedeutung solcher Bilder, und so kam auch der amerikanische Präsident in die Lounge. Als die Türen geöffnet wurden und die Kanzlerin mit ihm und den anderen Herren auf der Terrasse erschien, streckte er sich, um jeden wissen zu lassen, dass jetzt der mächtigste Mann der Welt den Ostseestrand betrat.

Zu zweit oder zu dritt schlenderten die Damen und Herren zum Meer. Die Kanzlerin zeigte hierhin, erklärte dorthin. Erst führte sie mit dem amerikanischen Präsidenten die Gruppe an, um dann zu verharren und sich dem nächsten Paar zuzuwenden.

Der Strandkorbhersteller aus Heringsdorf hatte gute Arbeit geleistet. Kleine Namensschilder auf den Sitzen veranschaulichten die wohlausbalancierte Komposition des Nebeneinanders. Alles erschien friedlich und harmonisch. Diese Botschaft könnten die Fotografen und Fotoreporter in die Welt hinausschicken, nachdem sie sich vor dem Strandkorb platziert und ihre Fotos geschossen hatten.

*

Als die Damen und Herren das Hotel wieder betraten, kam der Delegationsleiter schnellen Schrittes auf Angelika zu. „Frau Bundeskanzlerin, wir haben ein gravierendes Problem." Was sie dann hörte, verschlug ihr fast den Atem: Die Amerikaner hätten ganz offiziell den Verdacht geäußert, dass der Präsident und seine Frau vergiftet worden seien. Ein unerhörter Vorgang, wenn er sich denn bewahrheiten würde.

Der russische und der amerikanische Präsident standen zusammen. Sie ging direkt auf die beiden zu und machte deutlich, dass sie ein Vieraugengespräch mit dem Amerikaner wolle.

Im ersten Satz erkundigte sie sich nach dem Befinden, um gleich anschließend das Thema Vergiftungsvorwurf anzusprechen.

Seine Frau fühle sich noch elender als er, machte der Präsident deutlich. Sie sei es auch gewesen, die den Verdacht der Vergiftung geäußert habe. Er selbst könne dies als Präsident nicht glauben und wolle es auch nicht. Aber sein Stabschef habe darauf bestanden, es offiziell den Gastgebern mitzuteilen.

Angelika antwortete ihm, dass sie untröstlich sei. „I care!"

*

Im Küchentrakt herrschte große Aufregung. Überall standen Leute in weißen Kitteln, gossen Fonds und Saucen in kleine Fläschchen und Gläschen, schütteten Kartoffeln, Nudeln und Fischreste in eckige Kistchen. „Ich brauche den roten Filzstift!" Alle Proben wurden genau bezeichnet. „Putz das auf, sonst rutscht die Hermes noch aus!" – Dem Chemiker blieb sein Ausspruch im Halse stecken, stand doch die Bundeskanzlerin auf einmal direkt neben ihm und hob die Hand.

Stille.

Die Kanzlerin winkte den Koch mit einem Lächeln heran, hatte sie doch noch die vorzüglichen Königsberger Klopse auf der Zunge.

Dann fragte sie ihn sehr bestimmt, ob das Unwohlsein des Präsidentenpaares mit dem Essen zusammenhängen könne.

„Frau Bundeskanzlerin, ein ganz klares Nein. Die haben alle die gleichen Gerichte gegessen. Würde das Unwohlsein mit dem Essen zusammenhängen, müsste es denen allen schlechtgehen." Und für die Servicebrigade lege sein Kollege die Hand ins Feuer. Da sei auf dem Weg nichts hineingemischt worden. Und: Der Ober, der den Präsidenten bedient habe, sei ein anderer gewesen als der, der für die First Lady zuständig gewesen sei. Aber die US-Delegation habe jede Menge eigene Getränke und viel ungesundes Zeugs mitgebracht, „Vielleicht haben die einfach zu viel Cola getrunken oder zu viel von ihren Chips gegessen. Frau Bundeskanzlerin, ich fühle mich in meiner Ehre verletzt, dass man so etwas über uns denkt."

„Ich werde dem Präsidenten und seiner Gattin dieses mitteilen. Ich hoffe, dass dann alles erledigt ist, und ich freue mich auf das Essen heute Abend. Was gibt es zum Dinner?"

„Kalbsschnitzel mit frischem Spargel aus der Region sowie Zander mit Schmorgurken."

„Perfekt! Schmorgurken sind ein Lieblingsgericht meines Vaters."

*

Die Pause vor dem Abendessen nutzte Angelika für eine SMS an Volker: „Traust du dir Hiddensee zu? Vier gemeinsame wunderbare Tage auf der Insel? Ganz für uns! Liebe Grüße A.!"

Hiddensee-Harmonie

Volker stand mit Maximilian am Anleger. Alles war übersichtlich in diesem kleinen Ort. Die Schiffe im Seehafen konnte man an zwei Händen abzählen. Im Yachthafen dagegen lag eines neben dem anderen, zusammen sicher mehrere Hundert. Auf einem Stein war 2003 als Datum für den Bau dieses Hafenteils vermerkt.

Maximilian hatte seinem Vater am Telefon zugeredet, auf den Vorschlag von Angelika einzugehen. Es werde ihm guttun, an der Seite dieser Frau völlig auszuspannen. Er schlug vor, ihn vom Krankenhaus in Rostock abzuholen, nach Schaprode zu fahren, mit ihm überzusetzen und ihn an Ort und Stelle abzuliefern.

Volker fragte Maximilian, ob er sich erinnern könne, dass sie unmittelbar nach der Wende schon mal hier gewesen seien? „Wir wollten damals ein Haus auf Hiddensee kaufen. Ein Schnäppchen für 200.000 Mark. Der Holzwurm hat deine Mutter und meinen Vater abgeschreckt, und damit war mein Traum geplatzt."

In der Ferne sahen sie ein Motorschiff Kurs auf den Anleger nehmen.

*

Nur wenige Reisende gingen an Bord. Sie suchten sich einen Platz im Freien.

Der Himmel war postkartenblau, wenige strahlend weiße Wolken wanderten langsam von Ost nach West und spiegelten sich im Wasser. Es roch nach Meer. Wellen waren kaum zu sehen. Möwen begleiteten sie, stürzten sich in die See, sobald etwas über Bord geworfen wurde.

*

Maximilian reichte seinem Vater die Hand, als sie an Land gingen. „Das Haus ist einfach zu finden. Wir müssen nur den ersten Weg nach Norden nehmen." Er zeigte in die Richtung. „Keine vierhundert Meter, hat Angelika mir gesagt. Sie hat für den Abend ein Wassertaxi gebucht, will schnell und möglichst unbeachtet übersetzen. Ihre Tante Lisbeth hat im Haus alles zurechtgelegt, was zwei Personen für vier Tage benötigten. Nur Museler und Bärbel Brinkkötter wissen Bescheid. Zwei Sicherheitsleute sind auf dem Festland erreichbar."

Sie waren nicht mal zehn Minuten unterwegs, als sie das Haus auf der rechten Seite des Weges sahen. Davor lagen zwei wuchtige Holzkähne im Gras. Volker kramte in der Hosentasche. Es hatte den Schlüssel an seinem normalen Bund angebracht.

Von der Haustür aus kam man über eine verglaste Veranda direkt in die Küche. Der Boden knarrte. Ein eigenartiger Geruch lag im Raum. Durch die kleinen Fenster drang nur wenig Licht. Die Balkendecke war niedrig und dunkel. An den Wänden klebten großgemusterte, grün, gelb, braune Tapeten, wobei das Braun auch Nikotin sein konnte. Von einem einfachen Steinzeug-Spülstein führte ein Abflussrohr an der Wand entlang direkt nach draußen. Die Hälfte des Bodens war mit einer Art Linoleumteppich bedeckt. Vielleicht war der Geruch eine Mischung aus sich auflösendem Linoleum, kaltem Rauch und Ausdünstungen von alten Holzdielen.

„Keine Spülmaschine."

„Aber einen gut gefüllten Kühlschrank. Sogar Weißwein und Bier."

Neben dem Kühlschrank standen zwei Kästen Mineralwasser. Maximilian goss zwei Gläser voll, die er auf
einem offenen Küchenregal gefunden hatte.

„Hier wirst du gut abschalten können. Ich muss wieder
los." Er nahm einen Schluck aus dem Glas und umarmte
seinen Vater, als er sich verabschiedete.

*

Nachdem Maximilian gegangen war, machte Volker einen
kurzen Rundgang durchs Haus. Es gab neben Wohnraum
und Küche nur ein Schlafzimmer und eine Dusche. Er
deckte den Tisch, stellte die Heizung ein, betrachtete das
Bücherregal: eine bunte Mischung religiöser und politi-
scher Texte, einige wenige Romane, Werke von Hauptmann und Schiller, offensichtlich alles alte Ostausgaben,
und Al Gores „Wege zum Gleichgewicht". Als er das
Buch aus dem Regal nahm, fiel eine Schwarz-Weiß-Kar-
te der Brooklyn Bridge heraus. Er wollte sie zurücklegen,
entdeckte dabei eine Widmung: „For Angelika with best
wishes – Al". Beim Blättern fand er an vielen Stellen Un-
terstreichungen, Ausrufezeichen und Fragezeichen. Eine
Textpassage war am Rand dick angestrichen. „Und die
Zeit ist schon lange reif, mehr politisches Risiko auf sich
zu nehmen – und viel mehr politische Kritik auszuhalten
– durch härtere und wirksamere Lösungsvorschläge und
einen entschlossenen Kampf für ihre Durchführung. Ich
denke, dies ist der eigentliche Grund, warum ich dieses
Buch geschrieben habe: Herz und Verstand angesichts
dieser Herausforderung, zu der ich mich berufen fühle,
genau zu prüfen – und im Verlauf dieser Prüfung den

Mut zu finden, mich voll und ganz hinter diese Idee und ihre Durchführung zu stellen."

*

Er öffnete die Haustür. Kein Mensch zu sehen. Er roch das Meer, hörte es, aber sah es nicht. Büsche begrenzten das Grundstück wie eine Wand gegen die Ostseite. War das die Windseite? In allen anderen Richtungen gab es weit und breit nur niedriges Gehölz. Eine absolut freie Sicht, eine völlig offene Landschaft. Seltsam für einen Streifen Erde, in dem die Freiheit mit Füßen getreten worden war und die Grenzen geschlossen gewesen waren. Er machte sich auf Richtung Hafen, hielt aber Abstand zum Anleger.

Als er nach dem Mauerfall zum ersten Mal nach Leipzig gereist war, für ihn ein Muss wegen Johann Sebastian Bach, fragte er sich, wie man einen solch großen Staat derart hatte unter Kontrolle halten können. Die teilweise fast menschenleeren Landschaften, die großen Städte und jetzt hier diese Küste und diese Insel: Keine noch so große Behörde hätte alleine die Überwachung geschafft.

Das Telefon klingelte. Maximilian lächelte ihn auf dem Display an. „Sie setzt gerade über. Die Fahrt dauert nur wenige Minuten. Viel Vergnügen."

In der Stille des Abends hörte er Motorengeräusch. Das konnte nur das Wassertaxi sein.

*

Angelika schlief fest. Ihr Gesicht wirkte völlig entspannt. Gestern noch hatte sie die Staatschefs ein letztes Mal zu Gesprächen versammelt, zu zweit, zu viert, alle gemeinsam in großer Runde. Und sie hatten ein Ergebnis erzielt: Der Anteil der erneuerbaren Energien sollte erhöht werden. Einige Teilnehmer wollten konkrete Ziele nicht mittragen. Am Ende wurde ein „Formelkompromiss" gefunden, wie es in der Presse so schön hieß. Man verabredete, ernsthaft in Betracht zu ziehen, die weltweiten Kohlendioxid-Emissionen in 25 Jahren um 50 Prozent zu reduzieren.

*

Mittsommernächte auf Hiddensee sind hell und kurz. Er ging leise hinaus in den beginnenden Tag. Tief atmete er die Luft ein, der Geschmack der See heftete sich auf seine Zunge. Er setzte sich auf die Holzbank vor dem Haus, die von der rauen Luft und den Jahren gezeichnet war.

Warum erinnerte er sich gerade jetzt an die Geburt ihres ersten Sohnes. Daran, dass man Raphaela und ihn im Herdecker Krankenhaus aufgefordert hatte, viel spazieren zu gehen. Hoch über der Ruhr am Harkortturm hatten sie darauf gewartet, dass die Wehen endlich einsetzten. Vergebens. Alles Laufen hatte nicht geholfen. Er erinnerte sich daran, wie der Arzt auf Raphaelas Bauch gedrückt, sich förmlich draufgeworfen hatte, damit die erste Geburt gelang. Und an das kleine Wesen, dass er schließlich in den Händen hielt, mit schrumpeliger Haut, mit Fischflossen zwischen den Fingern.

Seine tiefste und immer wiederkehrende Erinnerung aber war der Moment, als sie zu dritt das Krankenhaus verließen. Raphaela und er brachten ihren Sohn in einer roten Tragetasche nach Hause.

*

Er hatte sie nicht kommen hören. Sie setzte sich neben ihn, hatte eine Decke mitgebracht, legte sie über seine Knie und lehnte sich an seine Schulter.

„Schaffen wir das?"

*

Sie fanden den Weg durch die Büsche zum Bodden, dem flachen Gewässer zwischen Insel und Festland, erkundeten einen Pfad abseits des Hauptweges Richtung Vitte, den Ort in der Mitte der Insel, führten lange Gespräche auf der Bank vor dem Haus, auf dem Sandboden am Strand, am Frühstückstisch und vor dem Zubettgehen. Angelika wurde aus Berlin nur mit dem Nötigsten versorgt. Was sonst in der Welt geschah, erfuhren sie aus der Tagesschau.

Da die Insel flach war und die Entgegenkommenden schon von weitem zu sehen waren, konnte Angelika mit ihrer Brille und der roten Kappe stets früh genug Vorsorge treffen, nicht erkannt zu werden. Die Brille hatte sie, an einem Band befestigt, stets griffbereit um den Hals gebunden, trug keinen Schmuck.

Angelika erzählte von ihrer Kindheit im Pfarrhaus, von Heimweh und Sehnsucht der Mutter nach Hamburg und von den bösen, manchmal feindlichen Blicken und Sprüchen ihrer Schuldirektorin, wenn sie wieder mal eine Westjeans trug.

Volker erzählte vom einzigartigen Gestank der Kokereien, zitierte Adolf Muschg: „Das Ruhrgebiet atmet nicht mehr Staub, sondern Zukunft" und wandelte dessen Satz leicht ab: „Das Ruhrgebiet lebt nicht mehr von Kohle, sondern von Kultur. In der Emscher fließt kein Köttel mehr, sondern Wasser." Sein Großvater und sein

Patenonkel, aus Schlesien stammend, waren Bergleute unter Tage, und seine Mutter war kaufmännische Angestellte bei der Knappschaft.

Das Verhältnis zu seiner Oma sei ein ganz besonderes gewesen. Sie habe ihn die Liebe zur Stadt gelehrt, ihn von klein auf mit in die City genommen, die damals noch nicht so genannt wurde. In vielen Geschäften kannte man sie. Mal habe er ein Plätzchen im Feinkostladen bekommen, mal ein frisches Brötchen mit einer dicken Scheibe Leberpastete beim Metzger. Daher rühre seine Liebe zu Bochum, seinen Menschen und den Traditionen seiner Heimat. Angelika müsse unbedingt mal zum Maiabendfest kommen. Bei jedem Stadtbesuch habe ihm seine Oma neue Socken und ein Matchbox-Auto gekauft, obwohl sie nur eine kleine Rente bekommen habe.

„Du wärest ein toller Botschafter für deine Region."

„Und du bist eine bewundernswerte Botschafterin für unser Land."

*

Am letzten Tag wollten sie zum Leuchtturm gehen und vielleicht auch nach Kloster zum Grab von Gerhart Hauptmann.

Sie brachen früh auf, denn da sie keine Räder hatten, lagen gut eineinhalb Stunden Fußweg vor ihnen. Volker war sich nicht sicher, ob er die Strecke hin und zurück schaffen würde, aber sie hatten ja Zeit. Selbst an diesem wunderschönen Frühsommertag waren nur wenige Menschen unterwegs.

Als sie in Ritte ankamen, besorgte er in einem Kaufmarkt kaltes Mineralwasser. Sie hatten Brote dabei und konnten auf den Besuch eines der Cafés oder Restaurants verzichten.

Kurz hinter der Ortschaft machten sie auf einer etwas abseits vom Weg stehenden Bank eine Pause.

„Kannst du noch? Wir müssen nicht um jeden Preis bis zum Hauptmann-Haus. Es ist sicher noch eine halbe Stunde bis dorthin."

„Wenn wir ganz langsam weitergehen, schaffe ich das. Aber in Kloster würde ich gern irgendwo einkehren."

Sie wählten den kürzeren Weg entlang der offenen See auf der Westseite der Insel, machten noch zwei längere Pausen, bis sie Kloster erreichten. Hier war einiges los.

„Geh du hinein, ich suche mir einen Platz am Strand. Ich kenne das Haus schon von früher."

„Ich lasse dich nicht allein."

„Dann gehen wir zu Hauptmanns Grab, und danach essen wir zu Mittag."

*

Auf dem kleinen Inselfriedhof war sonst niemand, so dass Angelika Kappe und Brille absetzen konnte. Er freute sich, dass er in ihre schönen Augen blicken konnte.

„Es war damals schon eine eigene Welt, ein besonderer Kosmos. Wusstest du, dass Hauptmann gesagt hat, Hiddensee sei das geistigste aller deutschen Seebäder?"

„In diesen Tagen ist es vielleicht das politischste aller Bäder, nur dass das niemand weiß."

„Fast wäre er ja einer deiner Vorgänger geworden. Einige wollten ihn nach dem Ersten Weltkrieg zum Reichskanzler machen oder sogar zum Präsidenten."

„Nicht wirklich?!"

„Was habt ihr denn von ihm in der Schule gelesen?"

„Ich erinnere mich nicht. Aber unser Kulturminister Johannes R. Becher hat ihn ziemlich in den Himmel gehoben."

„Es gab eine Zeit, da habe ich seine Werke verschlungen. Einzelne Szenen gehen mir nicht aus dem Kopf. Wie Bahnwärter Thiel am Ende mit dem braunen Pudelmützchen des kleinen Tobiaschen an der Stelle auf den Bahngleisen sitzt, wo der überfahren worden war."

Angelikas und Volkers Hände fanden sich.

„Bei uns gab es die einmalige Schauspielerin Inge Meysel. Sie hat in den Sechzigern in Filmen die Frau Wolff in ‚Der Biberpelz' und die Frau John in ‚Die Ratten' gespielt."

*

Auf dem Rückweg kamen sie an einer gemütlich aussehenden Gaststätte vorbei. Das zurückhaltend renovierte Fachwerkhaus strahlte einen besonderen Charme aus. Fenster reihte sich an Fenster, alle einfach gestrichen. Das Erdgeschoss wirkte wie eine Galerie aus Fenstern.

„Hier muss das Essen einfach gut sein."

Angelika setzte Kappe und Brille auf, und sie betraten einen großen Saal, durch dessen Fenster das Licht förmlich hineinfloss. Die Möblierung ließ etwas zu wünschen übrig; helle grobe Holztische, Stühle und Bänke, wie Volker sie aus den kleinen Kneipen im Ruhrgebiet kannte.

„Lass uns einen Ecktisch nehmen."

Angelika setzte sich mit Rücken zum Raum. Der nächste besetzte Tisch war sicher zehn Meter entfernt. Sie blätterten in der Speisenkarte. Schmorgurken standen nicht drin.

Der Kellner mit leicht abgekauten Fingernägeln schien Angelika ein wenig genauer zu betrachten, während er auf ihre Bestellung wartete. Die zog ihre Kappe tiefer ins Gesicht und drehte den Kopf zur Seite. Volker bestellte Matjesfilet mit Sahnesauce für sie und Dorschfilet mit Sanddornrahmsauce für sich.

„Eine gute Wahl", bemerkte der Kellner.

Volker wusste nicht, ob er das Menü meinte oder Angelikas Kappe, die er ständig anstarrte.

„Möchten Sie auch etwas trinken?"

Er war nicht von hier, wie sein rheinischer Tonfall verriet.

Nach wenigen Minuten kam er mit Fischbestecken und zwei Leinenservietten zurück. Fachgerecht deckte er den Tisch ein.

„Mineralwasser kommt gleich."

Beim Auftragen achtete Angelika darauf, dem Kellner nicht ins Gesicht zu blicken.

Die Filets waren zart, regenfrei und gut zubereitet, die Sanddornrahmsauce fruchtig von perfekter Konsistenz.

„Waren Sie zufrieden?"

Der Kellner merkte es am Trinkgeld, das Volker ihm gab.

∗

Spät am Nachmittag waren sie zurück. Volker legte sich auf die Couch, Angelika sprang unter die Dusche. Er sah ihren schönen Körper, der lange brachliegende Gefühle in ihm weckte. Gleichwohl fielen ihm seine Augen zu.

∗

Nachdem er erwacht war, fand er sie lesend draußen auf der Bank. Sie hatte sich in Kloster eine kleine Hauptmann-Biografie gekauft.

„Alles wieder gut?"

„Ich denke schon. Schade, dass unsere gemeinsame Zeit zu Ende geht."

„Ich habe die Hoffnung, dass sich unsere Beziehung entwickelt und dem Gegenwind trotzt, der sich bestimmt erheben wird. Ob Hartwich mit unserer Beziehung leben kann, bezweifle ich. Er ist jetzt ab und zu in Greifswald. Manchmal glaube ich, seine Arbeit ist ihm das Wichtigste, alles andere stört ihn. Er wird das vielleicht auch von mir denken. Lass mir Zeit."

„Du hast alle Zeit der Welt."

„Unsere Beziehung wird sich nicht ewig geheim halten lassen. Wenn sie bekannt wird, wirst du es viel schwerer haben als ich. Du bist im Alltag ungeschützt. Bei mir wird man keine Fragen zulassen, mich abschirmen. Wir sollten weiterhin vorsichtig sein."

Angelika berichtete, dass die Damen beim Gipfel ganz begeistert von ihren Colliers gewesen seien. Vielleicht werde sich die eine oder andere bei ihm melden.

„Lass uns reingehen, es wird mir zu kühl. – Schau nur die Kondensstreifen am Himmel. Welch herrliches Muster!"

Er blickte hoch. Dort oben war ganz eindeutig eine Raute zu erkennen.

*

Angelika hatte das Wassertaxi für neun Uhr bestellt. Volker sollte im Haus bleiben und später mit dem Fährschiff übersetzen.

„Ich bin mindestens noch zweimal in diesem Jahr an der Ruhr. Treffen in Berlin, auch wenn du deinen Sohn besuchst, sollten wir uns reiflich überlegen."

*

Am Anleger tummelten sich trotz der frühen Stunde die Touristen. Angelika bemerkte, dass sie ihre Sonnenbrille vergessen hatte. Sie musste sie auf dem Küchentisch liegen gelassen haben.

Ein kleines Mädchen kam langsam auf sie zu. „Deine Kappe ist schön rot."

„Findest du? Und deine Kappe ist schön gelb."

„Ich finde rot schöner als gelb. Sollen wir tauschen?"

„Meine Kappe ist doch viel zu groß für dich, weil mein Kopf viel größer ist als deiner. Wie heißt du denn?"

„Pauline. Und du?"

„Angelika."

Eine Frau hatte die Situation genau beobachtet, kam dazu, als Pauline der Kanzlerin ihre Mütze hinhielt.

„Entschuldigen Sie." Die Frau stutzte. „Wenn Sie etwas größer wären, könnten sie glatt unsere Kanzlerin sein."

„Mamma, das ist die Angelika. Schau, jetzt habe ich eine rote Kappe." Pauline setzte sich die rote Kappe auf und nahm die Hand von Angelika. „Sehe ich nicht schön aus?"

*

Es dauerte nur drei Tage, bis der Schnappschuss, den Paulines Vater gemacht hatte, in sämtlichen Zeitungen der Republik auftauchte. Mit unterschiedlichen Untertiteln. „Kappentausch der Kanzlerin", schrieb die größte Regionalzeitung des Ruhrgebiets. „Weg mit Rot", hieß es in der Zeitung mit den vier roten Buchstaben, und mit „Danke, Angelika!" begann die Inselzeitung Hiddensee ihren ausführlichen Bericht über Pauline und den Aufenthalt der Regierungschefin auf der Insel. Ganz Deutschland war begeistert. Selbst Hartwich wunderte sich, wie ausgeglichen und glücklich seine Frau auf dem Foto aussah. Vier einsame Tage auf Hiddensee hatten ihr offensichtlich gutgetan.

*

Die Linde hatte zu blühen begonnen. Über und über saßen die dünnen Stängel, verbunden mit einem schrumpeligen schmalen Blatt, zwischen den herzförmigen Blättern. Kein Wunder, dass sie der Baum der Liebenden war. Gute Freunde hatten ihnen das Bäumchen zu ihrem 31. Hochzeitstag geschenkt, und sie hatten nicht gewusst, dass man diesen Jahrestag Lindenhochzeit nannte. Und keiner hatte damals geahnt, dass dies ihr letzter Hochzeitstag sein würde. In wenigen Tagen, vielleicht schon in einigen Stunden würden die ersten Knospen aufgehen und die Blüten schönsten Lindenduft verströmen.

Viele Vögel bevölkerten jetzt den Garten. Flogen von links nach rechts, in die Spitzen der Bäume, auf den Boden des Balkons. Meisen, Spatzen, Elstern, der Specht, Amseln, Krähen und einige, die er nicht bestimmen konnte. Kamen die Großen den Kleinen zu nahe, flüchteten diese in die dicht belaubten Büsche der Rhododendren, die inzwischen in vielen Farben blühten. In diesen Tagen dominierten Rot, Lila und Pink.

Europas Seele finden

Die Kanzlerin saß in ihrem amerikanischen Zimmer, um die Rede zu Europa zu skizzieren. Sie schrieb einzelne Ideen auf, trug Sätze, aber auch ganze Absätze in ihre blaue Kladde ein.

Die Gedanken flogen förmlich auf das Papier. „Die Uckermark ist meine Heimat, Deutschland mein Vaterland, Europa meine Zukunft." Von diesem Dreiklang ließ sie sich leiten.

Die Einleitung ergab sich von allein dadurch, dass die Veranstaltung in Berlin stattfinden würde, in einer Stadt, die 26 Jahre lang durch Mauer, Stacheldraht und Schießbefehl geteilt war, in der Menschen die Flucht in die Freiheit mit ihrem Leben bezahlt hatten. Sie war auf der östlichen Seite dieser Stadt aufgewachsen, war sieben Jahre alt, als die Mauer gebaut wurde, die auch ihre Familie teilte. Dann fiel die Mauer, und für sie hatte sich eine Sehnsucht erfüllt.

„Wahr werden konnte dieser Traum, weil wir uns auf die Eigenschaft besonnen haben, die für mich die Seele Europas ausmacht. Diese Eigenschaft ist die Toleranz. Wir müssen uns außerdem auf die stärkste Kraft des Menschen konzentrieren: auf die Kraft der Freiheit, auf die Freiheit in allen Ausprägungen, die Freiheit, die eigene Meinung öffentlich zu sagen, auch wenn dies andere stört, die Freiheit, zu glauben und nicht zu glauben, die Freiheit des unternehmerischen Handelns, die Freiheit des Künstlers, sein Werk nach seinen Vorstellungen zu gestalten, die Freiheit des Einzelnen in seiner Verantwortung für das große Ganze. Indem wir auf die Kraft der Freiheit setzen, setzen wir auf den Menschen. Er steht im Mittelpunkt. Seine Würde ist unantastbar."

Sie dachte zurück an die Freiheit auf Hiddensee. Vier Tage ohne Termine; niemand, der auf sie achtete. Nur während des Essens, nach ihrem Besuch an Hauptmanns Grab, hatte sie kurz gedacht, der Kellner mit den leicht abgekauten Fingernägeln hätte sie erkannt. Als sie ihre große Fischportion vor sich sah und Volker sie gefragt hatte: „Schaffst du das?", da hatte der Kellner ganz kühl bemerkt: „Sie schaffen das!" und ihr direkt in die Augen geschaut.– Wir schaffen das, dachte sie jetzt, als sie grübelte, ob es eine Zukunft mit Volker geben könnte.

„Manchmal kann man das Große, das Einzigartige übersehen. Denn nach all den Kriegen und unendlich viel Leid ist etwas Großartiges entstanden: Wir Bürger Europas sind zu unserem Glück vereint. Europa ist unsere gemeinsame Zukunft. Das war ein Traum von Generationen." ***

Daraus sollten ihre Mitarbeiter eine gute, hoffentlich Mut machende Rede fertigen.

*

Er war wie immer gegen Mitternacht zu Bett gegangen, hatte einige Seiten seiner Nachtlektüre gelesen, seine Tabletten genommen, das Licht ausgeschaltet. Doch obwohl er seine beste Position eingenommen hatte, konnte er nicht schlafen, wälzte sich vom Bauch auf die rechte Seite und schon nach kurzer Zeit von der rechten Seite auf den Rücken. Links konnte er seit seiner Aorta-Geschichte nicht mehr liegen. Er setzte sich auf, schaltete die Nachtlampe ein, trank einen Schluck Mineralwasser.

Mit Angelika hatte er ein langes Telefongespräch geführt und ihr von seiner Kontrolluntersuchung bei Professor Hammes berichtet. Der sei ganz begeistert gewesen von der Arbeit seines Kollegen. Seinen Dank für die Überweisung nach Rostock habe er nicht hören wollen. Das sei doch selbstverständlich gewesen. Zeit für ein Treffen mit Angelika gab es nicht. Europa forderte sie ganz. Auch für ein Gespräch mit Hartwich hatte sie keine Zeit.

Er unternahm einen weiteren Versuch. Vergeblich. Wieder nahm er sein Buch, begann zu lesen. Als auch das nicht half, stand er auf, ging in die Küche, schaute aus dem Fenster in den dunklen Garten, in die tiefschwarze klare Nacht. Er öffnete die Balkontür. Stille. Kein Laut. Kein Rauschen vom Ruhrschnellweg. Er holte eine Flasche Bier aus dem Kühlschrank, ploppte und trank einen großen Schluck, wischte sich den Schaum vom Mund.

Neu verliebt. In eine Frau, die vom Aussehen und ihrem Handeln so ganz anders war als Raphaela. Wie ein Traum. Durfte er weiterträumen? Er trat einen Schritt auf den Balkon, blickte in die sternenklare Nacht.

Plötzlich hatte er eine Idee. Angelika hatte ihm erzählt, wie sehr sie sich in den Text ihrer Europa-Rede vertieft, um jedes Wort gerungen, jede Wendung bedacht habe. „Europa ist unsere gemeinsame Zukunft. Ein Traum von Generationen." – Das nächste Collier. Eines für Europa. Eines in blau. Alle Steine: Lapislazuli, Saphir, Tansania, Aquamarin – nur grob geschliffen, so dass der Kern von jedem Stein erkennbar bliebe. Blau als Zeichen der Ruhe, des Vertrauens, von Kühle, auch von Treue. Er ging in sein Atelier, stellte die Bierflasche auf die Arbeitsplatte, begann zu zeichnen.

*

Drei Tage später lagen fünfzig Edelsteine vor ihm auf dem Arbeitstisch.

Jeden Einzelnen von ihnen hatte er unter die Lupe genommen, die Maserung verglichen, dann ausgewählt. Er hatte sich für Lapislazuli aus Afghanistan, manche grünlich blau, manche nachtblau, für kornblumenblaue Saphire aus Myanmar, für Tansanier aus Tansania, wechselnd in den Farben Saphirblau und Ultramarin, und schließlich für brasilianische Aquamarine in tiefem Meerwasserblau entschieden. Alle waren ungeschliffen, alle so groß wie der Nagel seines kleinen Fingers.

Er legte die Edelsteine nebeneinander, so dass er sich einen Gesamteindruck verschaffen konnte. Dann fügte er zwölf Goldstücke ein, natürliche goldene Nuggets. Ein Schmuckstück mit Ecken und Kanten. Wie Europa.

Mit der ersten Version war er nicht zufrieden. Mal nahm er hier einen helleren Stein heraus, mal verschob er zwei, manchmal auch drei, um die Übergänge harmonischer erscheinen zu lassen. Dann nahm er jeden zweiten Stein heraus, so dass das Collier einen einheitlich blauen Eindruck machte. Das gefiel ihm besser. Nicht eine feste, wiederkehrende Reihenfolge sollte im Vordergrund stehen, das Wichtige war, dass alle miteinander harmonierten. Und nirgendwo sollten zwei von derselben Sorte nebeneinanderliegen. Er nahm jeden Stein einzeln in die Hand und bohrte mit größter Vorsicht ein Loch längs durch ihn hindurch. Dass dabei kein Einziger zerbrach, lag an seiner Erfahrung, aber auch an der Qualität seines Werkzeugs.

Als alle Steine durchbohrt waren, gönnte er sich eine kleine Pause, kochte sich einen starken Kaffee, nahm aus dem Küchenschrank ein Glas mit Schokocreme, leckte diese direkt vom Messer ab und wusch sich die Hände.

Er ließ einen dünnen Draht an Daumen und Zeigefinger entlanggleiten, bevor er ihn durch die einzelnen Steine zog. Für einen bestimmten Verschluss hatte er sich noch nicht entschieden, favorisierte einen schlichten goldenen ohne weiteren Besatz.

*

Am Tag vor der Europaveranstaltung saß Angelika in ihrem Büro, um noch einmal ihre Rede durchzugehen; ihr gegenüber der Kanzleramtsminister.

BB betrat den Raum, hielt ein gelbes Postpaket in der Hand. „Das ist gerade per Express aus Bochum gekommen. Haben Sie eine neue Kette bestellt?"

„Ich wüsste nicht."

„Ich würde es öffnen."

„Ich auch."

Schon hatte BB eine Schere in der Hand, die sie der Kanzlerin überreichte.

Angelika griff mit beiden Händen das Paket und dann die Schere. Zunächst versuchte sie, die Knoten zu lösen, um das Band in ganzer Länge zu erhalten. Aber die Verkostung war zu fest. Also schnitt sie das Band behutsam an einer Stelle durch. Auch das Einpackpapier behandelte sie vorsichtig. Das Klebeband, mit dem der Deckel der Innenschachtel umwickelt war, schnitt sie einfach durch.

In der Schachtel lag ein fast einheitlich blaues Collier, durchsetzt mit einer Reihe von goldenen Steinen. Sie zählte nicht. Sie wusste, dass es zwölf waren. Vorsichtig hob sie das Schmuckstück aus der Schachtel und betrachtete es von allen Seiten, ging zum Spiegel neben der Eingangstür und löste das Bernsteincollier vom Hals.

„Frau Bundeskanzlerin, wenn ich mir eine Bemerkung erlauben darf. Ihr Juwelier aus Bochum versteht sein Handwerk."

Der Kanzleramtsminister meldete sich sonst nur zu Wort, wenn es um Politisches ging.

„Ich wollte schon lange mal für ein verlängertes Wochenende nach Bochum. Soll viel los sein da. Schauspielhaus, Bergbaumuseum. Kneipenszene, Starlight Express. Und dann noch ein toller Juwelier. Vielleicht gönne ich mir ein kleines Goldstück, wenn es Sie nicht stört."

Angelika starrte ihre Büroleiterin an. Sie wollte nicht glauben, dass BB, die sie natürlich nur in Gedanken so nannte, wegen einer Kette nach Bochum fahren wollte.

„Ich kann Ihnen gerne die Adresse geben."

*

Markus winkte mit der Zeitung, als er etwas später als üblich ins Büro kam. „Guten Morgen, mein Lieber! Ausgeschlafen? Ein toller Artikel über den Wettbewerb." Er warf die Zeitung mit viel Schwung auf Hartwichs Schreibtisch und traf ein Sektglas, das dort vom Vorabend übriggeblieben war.

Sie hatten lange im Büro ausgeharrt, gespannt, ob sie einen Anruf aus Greifswald erhalten würden.

Das „Heute Journal" hatte gerade begonnen, als das Telefon klingelte. Hartwich ging ran. Danach hatten die Korken geknallt.

Erst lange nach Mitternacht war Hartwich nach Hause gekommen, konnte dort seine Freude mit niemandem teilen. Angelika war zu einer Sitzung in Brüssel.

*

Nach ihrer Europa-Rede führte sie viele Einzelgespräche, eine ganze Reihe von Regierungen unterstützte sie. Der französische Präsident bot gar an, mit ihr gemeinsam die Beratungen für Brüssel vorzubereiten, lud sie in seine Sommerresidenz ins Fort de Besançon auf eine Insel an der französischen Riviera ein. Die sei gut mit dem Hubschrauber zu erreichen.

Die Stäbe beider Regierungen bereiteten umfangreiche Dossiers für die Zusammenkunft vor. Drei Tage wurden eingeplant, zwei Nächte sollte die Kanzlerin auf dem Sommersitz verbringen. Mit dem Flugzeug machte sie sich freitags auf den Weg nach Paris. Dort stand ein Hubschrauber für sie bereit.

Der Präsident empfing Angelika betont lässig. Sonst war er bei ihren Begegnungen immer elegant gekleidet gewesen: Anzug, Krawatte, weißes Hemd, Manschettenknöpfe. Jetzt trug er eine einfache lindgrüne Baumwollhose und ein kräftig grünes Leinen-T-Shirt. Und leichte Strohschuhe. Auf einer riesigen Terrasse, üppig umpflanzt von intensiv duftenden Blumen und Sträuchern, begrüßte er Angelika mit zwei Wangenküssen.

Bei einem Glas Champagner unterhielten sie sich über die ganz allgemeinen Themen. „Wie war der Flug?"- „Das Wetter ist hier viel besser als in Berlin." – „Kennen Sie die französische Riviera?" Das ging ohne Übersetzer.

Für den Abend war ein Essen zu viert verabredet. Daran sollten auch der persönliche Referent des Präsidenten und der deutsche Regierungssprecher teilnehmen. Man zeigte der Kanzlerin ihr Zimmer, so dass sie sich für den Abend umziehen konnte.

Der Präsident ließ auftischen, was Land und Meer zu bieten hatten, und nachdem das Aprikosenpfannküchlein gegessen und der Kaffee serviert worden waren, bat der persönliche Referent den Regierungssprecher um ein Gespräch zur Vorbereitung der Unterredungen des nächsten Tages, und beide verließen den Raum.

Der Präsident stand auf, nahm seinen Stuhl und kam auf die andere Seite des Tisches. „How do you like my residence?" Er hob sein Rotweinglas. „À votre santé!"

„À votre santé! Ich bin beeindruckt."

Der Präsident führte zwei Finger an die schnalzenden Lippen, dann strich er sich mit der linken Hand über den Bauch. Seine Wangen begannen wie auf Knopfdruck zu glühen. Mit seinem Glas Rotwein setzte er sich neben die Kanzlerin.

Angelika rückte mit ihrem Stuhl etwas zur Seite.

Der Präsident rückte nach.

Als er seinen Arm um ihre Schultern zu legen versuchte, entzog sie sich ihm durch eine schnelle Drehung des Oberkörpers.

Der Präsident wandte den Kopf hin zu ihrem.

Blitzschnell führte Angelika ihr Glas zum Mund. Fast hätte der Präsident es geküsst. Sein eigenes Glas bekam durch die abrupte Bewegung allerdings Schlagseite, und ein Teil des teuren Weins schwappte auf den Boden.

Angelika zog geistesgegenwärtig ihre Füße zurück, stand auf, gähnte, neigte den Kopf nach rechts und stützte ihn mit beiden Händen ab. „Danke für den wirklich wunderbaren Abend. Ich werde ihn nicht vergessen."

„Wollen Sie nicht noch etwas bleiben?"

Angelika schüttelte den Kopf, richtete ihre Jacke und ging entschlossenen Schrittes zur Tür, einen Deut schneller, als sie sonst zu gehen gewohnt war. Sie stieg eine Treppe hinauf, kam an einigen Rüstungen vorbei, erreichte die Tür zu ihrem Zimmer und blickte sich um. – Niemand zu sehen.

Im Zimmer drehte sie den Schlüssel in dem alten Schloss zweimal um, überlegte kurz, ob sie noch einen Stuhl unter die Klinke stellen sollte, verwarf aber schließlich den Gedanken.

*

Am nächsten Morgen standen nach einem reichhaltigen Frühstück, einer Mischung aus französischen Elementen wie Croissant pur und mit Schokoladencreme, Milchkaffee, Honig und Marmelade sowie eher deutsche Elemente wie Schwarzbrot, Schinken und Wurst, bis zum Mittag eine Reihe von Arbeitsgesprächen zu zentralen Fragen der europäischen Politik auf dem Programm. Vom Festland her waren die Außenminister sowie hohe Beamte aus den Finanz- und Wirtschaftsministerien dazugestoßen.

Der Präsident hatte sein sommerlich-legeres Outfit durch ein leichtes Leinenjackett vervollständigt, war inhaltlich gut vorbereitet, so dass sie eine Reihe von wichtigen Verabredungen treffen konnten. Er trug wieder die leichten Strohschuhe.

Für den Nachmittag waren die Besucher aus Deutschland zu einer Küstentour mit einer Yacht der französischen Marine eingeladen. Die beeindruckende Kulisse passte zum traumhaften Wetter. Wolkenloser Himmel, klares grünbläuliches Wasser, Berge, Sonne, Städte, die sich in die Riviera hineinzuschieben schienen. Angelika musste sich eingestehen, dass auf einen neutralen Besucher die Ostseeküste wohl weniger einladend wirken würde. Trotz Kreidefelsen und Klippen von Rügen, viel Sand, Wald sowie hier und da einer Seebrücke.

Beim Ausstieg zog Angelika den Regierungssprecher am Ärmel. „Sie weichen mir ab sofort keinen Millimeter mehr von der Seite."

Der Regierungssprecher behielt wie immer sein ausdrucksloses Gesicht und zwinkerte mit dem linken Auge, zog aber die Schultern hoch. „So schlimm?"

Die Kanzlerin verdrehte die Augen, stieß mehrmals vernehmlich mit der Faust in die flache Hand und antwortete ihm nicht.

*

Für den Abend war ein festliches Dinner angesetzt. Die Tafel war unter einer berankten Pergola für acht Personen gedeckt. Eine kleine Feuerschale erleuchtete neben einer Reihe von Fackeln die Szenerie.

Nach dem Aperitif bat der Präsident zu Tisch und begrüßte die Gäste mit einer launigen Rede, die für die Kanzlerin übersetzt wurde. Die beiden saßen sich an den Schmalseiten der Tafel gegenüber. Die Außenminister hatten an den Kopfseiten des langen Tisches Platz genommen. Der Regierungssprecher und der persönliche Referent des Präsidenten waren direkt neben ihre Chefs platziert worden. Dahinter, quasi in zweiter Reihe, konnten die Dolmetscher die wesentlichen Aussagen den Ohren der wichtigsten Beteiligten zuflüstern. Die Gespräche drehten sich um Landschaft, Wetter und zum Schluss um Urlaub. Der Präsident erzählte, dass er den regelmäßig hier in seiner Residenz verbringe, weil er befürchte, überall sonst von seinen Landsleuten belauert zu werden. Er war überrascht, als Angelika von ihrem in den Bergen am Watzmann berichtete.

„Sperren Sie da die Berge ab?"

„Warum sollen wir da die Berge absperren?"

„Weil Madame da ungestört Urlaub machen wollen."

„Ich habe vier Personenschützer dabei. Erfahrene Gebirgsjäger unserer Bundeswehr. Die können da auf die Berge steigen und mich beschützen."

Der Präsident schüttelte den Kopf. „Bin ich froh, dass ich nicht Kanzler von Deutschland bin. À votre santé!"

Während der nächsten drei Stunden zählte Angelika nicht die Zahl der servierten Gänge, wurde dann aber durch den Hauptgang entschädigt. Zum Boeuf Bourguignon durfte jeder Gast nämlich von seiner landesspezifischen Art der Rindsgulaschzubereitung schwärmen, und Angelika schwärmte natürlich von der mit Schmorgurken. „Das Fleisch kräftig anbraten, viele Zwiebeln und ganz zum Schluss die Schmorgurken. Keiner macht die so schmackhaft wie meine Mutter." Womit sie den Übersetzer beim Zuflüstern damit ins Schwitzen brachte, denn ihm fehlte das französische Wort für Schmorgurke.

„Sie lassen jemanden schmoren, statt etwas schmoren, hat der Dolmetscher gerade geflüstert." Der Pressesprecher zwinkerte seiner Chefin mit dem linken Auge zu, bemerkte dann aber seinen Fehler und hob die Schultern.

Angelika erinnerte sich an das letzte Essen bei Volker. Maximilian hatte Pfefferpotthast gemacht, eine Spezialität des Ruhrgebiets, wie er betont hatte, mit Rote Bete als Beilage.

Schließlich brachte der Chefkoch die finale Süßspeise aus Mandeln und Melonen persönlich zum Tisch und wurde von den Gästen mit Applaus empfangen „Frau 'ermes", begann er und stellte die Dessertschale vor der Kanzlerin ab, „das Beste kommt zum Schluss." Er schüttete einen großen Schluck Cognac über das Süße und zündete es an.

„Oh làlà", klatschte die Kanzlerin.

Der Pressesprecher drehte sich zu seiner Chefin, versuchte sich an einem Lächeln und zwinkerte ihr perfekt mit dem rechten Auge zu, und als sich die Gäste nach und nach verabschiedeten, verwickelte er den Präsidenten in ausgezeichnetem Französisch mit der Frage „Wann wird Frankreich Fußball-Europameister?" in ein längeres Gespräch. So hatte die Bundeskanzlerin guten Grund, sich zu erheben und eine angenehme Nacht zu wünschen. Jeder wusste, dass Fußball nicht wirklich ihre Sache war.

*

Angelika hatte gerade den Stuhl unter die Klinke geschoben, als es an der Tür klopfte. Sie löschte blitzschnell
das Licht und gab während der nächsten halben Stunde
keinen Mucks von sich.

*

Als sie am Sonntag zum Frühstück erschien, hatte der
Präsident einen Raum nur für sie beide herrichten lassen. Er kam direkt zur Sache und entschuldigte sich in
schlechtem Englisch für seine Annäherungsversuche. Sie
sei eine attraktive Frau, und er lebe seit längerer Zeit
von seiner Gattin getrennt, und deswegen und weil er
sie eben sehr attraktiv und sympathisch finde, habe er
wohl so reagiert. „Mille excuses." Es folgte ein perfekter
Handkuss.

Sie ließ ihn gewähren, lächelte und antwortete: „Ich
danke für die Gastfreundschaft und für die Komplimen-
te. Es kommt nicht oft vor, so bewundert zu werden. Ich
hoffe, die Bewunderung gilt auch meiner Heimat. Auf
eine wunderbare gemeinsame Zukunft unserer Länder."

*

Alle Bäume waren in Bewegung. Blätter flogen zur Seite,
schienen nach unten zu fallen, wurden aber hochgeweht.
Eine dickstämmige Tanne schwankte von der Spitze bis
zum Wurzelansatz, drohte mittendurch zu brechen. Die
Buchenhecke mit ihren jungen hellgrünen Trieben und
Blättern stemmte sich gegen den Druck und schützte die
noch zarten Stauden.

Die Tauben hatten die Linde jetzt fest im Griff. Vom
frühen Morgen an flogen sie auf die wippenden Äste.

Wegen der dichten Belaubung wusste er nie, ob es der Täuberich oder die Täubin war.

Im rechten Stamm der Weide hatte der Specht seine Höhle für den Sommer fertiggestellt, lief regelmäßig am Stamm hoch und runter. Eine Amsel hüpfte ständig auf den Balkon, um Krümel aufzupicken, die vom Tisch gefallen waren, und die schönsten Töne des Gartens stammten von einem Rotkehlchen, das er aber noch nicht erblickt hatte.

Zu seiner Überraschung blühte der Holunder so prächtig wie selten. Raphaela hatte mindestens einmal im Jahr dessen Blüten in einem Mehlteig ausgebacken. Eine Köstlichkeit am Abend auf dem Balkon mit einem Glas Weißwein. Irgendjemand in der Nachbarschaft begann seine Terrasse zu kärchern.

Volker ließ in seinem Garten alles wachsen. Die Nachbarn waren darüber wenig begeistert. Ein Großteil seines Rasens war Giersch, der vor deren Zäunen nicht haltmachte. Er wollte nicht alles umgraben, erst recht keine Vernichtungsmittel streuen. Deswegen beschränkte er sich darauf, im Herbst vom Fachmann einen radikalen Baumschnitt durchführen zu lassen. Während des Sommers kürzte er, was in Nachbars Garten hineinwuchs.

Die Balkonbepflanzung hatte er vernachlässigt. Mit ihrem grünen Daumen hatte Raphaela üppige Blüten in die Blumenkästen gezaubert. Immer wieder waren Spaziergänger im Hochsommer stehen geblieben, um die wuchtig hängenden Geranien zu bewundern.

Die Kraft der Freiheit

Ihre nächste Reise stand auf dem Programm. Nach Amerika. Angelika war gespannt, ob Hartwich nachkommen würde. Er hatte viel zu tun, seit er gemeinsam mit Markus den Architektenwettbewerb in Greifswald gewonnen hatte, war regelmäßig drei bis vier Tage vor Ort, oft auch eine ganze Woche lang. Ihm musste klar sein, was die Auszeichnung mit der Freiheitsmedaille für sie bedeutete.

*

Als Angelika von ihren Treffen mit Vertretern des Kongresses ins Hotel zurückkam, teilte man ihr mit, dass ihr Mann angekommen sei und in der Bar warte. Hartwich saß etwas abseits, hatte einige amerikanische Zeitungen vor sich liegen.

„Wie waren deine Gespräche?"

„Eher durchschnittlich. Nur das mit Nancy hatte Tiefe. Sie ist eine bemerkenswerte Frau, lässt sich nichts sagen und geht ihren Weg."

„Das kommt mir bekannt vor. Wann fliegst du nach Kalifornien?"

„Morgen Abend nach der Ordensverleihung. Ich habe vorher nur einen Termin mit dem Gouverneur. Im Übrigen habe ich mir den Tag freigehalten. Wollen wir uns nicht ein paar gemeinsame Stunden am Pazifik gönnen. Wir könnten reden." Sie trank einen Schluck Wein aus seinem Glas. „Wirklich gut, nur viel zu kalt."

„Die Eiswürfel habe ich gerade rausgenommen."

„Sei mir nicht böse, aber ich muss ins Bett. Ich weiß es zu schätzen, dass du gekommen bist. Denk über meinen Vorschlag nach."

*

Die Zeremonie im Rosengarten des Weißen Hauses hatte Stil, war nach deutschen Vorstellungen aber unkonventionell. Die gut 200 Gäste waren vom Gastgeber persönlich ausgewählt worden, die Kanzlerin hatte aber Wünsche äußern dürfen. So hatte sie den deutschen Fußballnationaltrainer, der in den USA lebte, ebenso eingeladen wie einen deutschen Showmaster.

Zum ersten Mal begegnete sie dem Vizepräsidenten. Ein feiner Mann, würde man in Deutschland sagen, der viel Wärme ausstrahlte.

Alle Gäste erhoben sich und applaudierten, als Angelika an der Seite des Präsidenten den Rosengarten betrat, hinter ihnen Hartwich neben der First Lady. Angelika begrüßte die Außenministerin, die ihre Kette bewunderte. „Oh, very nice." Sie hatte sich für Hartwichs Weißgoldcollier entschieden.

*

„Liebe Angelika!"

Der Präsident schaute die Bundeskanzlerin an, verneigte sich leicht. Er machte in seiner Rede deutlich, wie selten Amerika diese Medaille vergebe und wie außerordentlich wichtig es sei, gerade die deutsche Kanzlerin auszuzeichnen, sei sie doch ein Symbol für den Triumph der Freiheit geworden.

Der Vizepräsident bemerkte die Gänsehaut der Kanzlerin, denn sie trug ein ärmelloses schwarzes Kleid. Er überlegte, ob er ihr seine Hand reichen sollte.

Mit dieser Auszeichnung, betonte der Präsident, stehe sie an der Seite bedeutender Persönlichkeiten wie Nelson Mandela und Papst Johannes Paul II.

Angelika fühlte sich weit weg von den Leistungen solcher Personen, als der Präsident sie bat, zu ihm zu kommen. In der Hand hielt er eine geöffnete viereckige Schachtel mit der Medaille. Warum sie gerade jetzt daran dachte, dass diese Medaille vielleicht eines Tages auf ihrem Sarg liegen würde, dafür hatte sie keine Erklärung.

Die Medaille wurde mit einem amerikanisch blauen Band mit weißen Rändern durch eine Schlaufe gehalten, bestand aus einem fünfzackigen weißen Stern, in dessen Mitte ein blauer Kreis mit dreizehn kleinen goldenen Sternen. Der weiße Stern lag auf einem roten Pentagon, umfasst von fünf silbernen Adlern. In der Schachtel befand sich außerdem die Ausführung in klein sowie ein Anstecker für Revers, wobei dieser auf den silbernen Adler reduziert war.

Angelika war beeindruckt, wie in einer 20 x 20 cm kleinen Schachtel alle Symbole und Farben der Vereinigten Staaten Platz fanden. Vielleicht hatte Jaqueline Kennedy, von deren Mann die Freiheitsmedaille gestiftet worden war, ihre Finger im Spiel gehabt. Man sagte ihr ja ein sicheres Stilgefühl nach.

Als die Kanzlerin ans Rednerpult trat, blickte sie auf die Besucherreihen. Sie freute sich, dass der Bundestrainer gekommen war. Der ehemalige amerikanische Außenminister, fast neunzig Jahre alt, gab ihr ebenso die Ehre wie die derzeitige Amtsinhaberin. Hartwich saß in der ersten Reihe.

„Ich bin im unfreien Teil Deutschlands, in der DDR, aufgewachsen. Viele Jahre habe ich wie viele, viele andere von Freiheit geträumt, auch von der Freiheit, in die USA zu reisen. Ich hatte mir das sehr fest vorgenommen für den Tag, an dem ich das Rentenalter erreiche; das lag bei Frauen in der DDR bei 60 Jahren."

Angelika sah, wie die First Lady und die Frau des Vizepräsidenten zu ihren Taschentüchern griffen.

„Aber dass ich einmal im Rosengarten des Weißen Hauses stehen würde und von einem amerikanischen Präsidenten die Freiheitsmedaille empfangen würde, das lag jenseits all meiner Vorstellungskräfte."

In der letzten Reihe entdeckte sie den Gouverneur von Kalifornien, dessen Lebensgeschichte so außergewöhnlich war wie die ihre. Sie freute sich auf das Treffen mit ihm.

„Und glauben Sie mir, diese Auszeichnung ist ein wirklich bewegender Moment für mich."

Aus der Menge der Köpfe hob sich das strahlend weiße Haar des letzten lebenden Kennedy-Bruders ab. Ein Name, den ihre Mutter stets mit viel Sehnsucht in der Stimme ausgesprochen hatte.

„Keine Kette der Diktatur, keine Fessel der Unterdrückung vermag der Kraft der Freiheit auf Dauer zu widerstehen." ***

Alle Anwesenden erhoben sich, applaudierten lange und herzlich.

*

Der Pazifik zeigte seine volle Schönheit und seine ganze Wucht, die Wellen schlugen an die Küste, das Wasser fegte über den Strandboulevard von Carmel Beach, wo sie nach dem Fall der Mauer zum ersten Mal das große Meer gesehen hatten. Es war einer der glücklichsten, unbeschwertesten Momente ihres Lebens gewesen.

„Wodurch haben wir unsere Liebe verloren?"

Sie zogen ihre Schuhe aus.

„War es meine Arbeit? War es mein Amt? War ich zu oft weg, zu wenig für dich da? Warum bist du nicht öfter mitgekommen?"

Beide spürten so wie damals den Sand unter den Füßen.

„Du arbeitest für unser Land. Das lässt dir wenig Platz für geliebte Menschen. Ich fühle mich seit vielen Jahren überflüssig. Ich bin dein Anhängsel."

Das Meer schäumte um ihre Knöchel.

„Als Politikerin siehst du nicht nach links, nicht nach rechts, willst nur vorwärtskommen."

Eine hohe Welle spritzte sie bis zu den Knien nass.

„Du hast dich neu erfunden. Bist anders geworden. Denkst anders. – Liebst du einen anderen?"

Sie blieben stehen.

„Man verliebt sich nicht mal eben."

Hartwich nahm ihre Hände, hielt sie fest und schaute ihr in die Augen. „Ist es dein Goldschmied?"

„Ich finde ihn sympathisch, fand ihn vom ersten Augenblick an interessant. Wir haben über ganz andere Dinge gesprochen. Ich war bei ihm."

Der Wind wirbelte Wassertropfen auf ihre Wangen.

„Ich werde dir keine Steine in den Weg legen."

Plötzlich hörten sie einen dumpfen Schlag, blickten auf und sahen zwei Grauwale, die sich aus dem Wasser emporgeschraubten und dann zurück ins Meer fallen ließen.

Filet mit feinen Beilagen

Das Kaufhaus Kortum in der Bochumer Innenstadt hatte bis zum Ende der Achtzigerjahre eine wunderschöne Spielwarenabteilung besessen. Anfangs war er mit seiner Oma, nach deren Tod mit seinen Eltern regelmäßig dort hingegangen. Und bei Kortum gab es auch eine ganze Etage für Lebensmittel mit loser Butter, Löwensenf zum Abfüllen in kleine Gläser, Fleisch vom Wild und einer beachtlichen Auswahl von Fischen, die in Aquarien gehalten wurden. Die Frische-Abteilung bei Kortum war um ein Vielfaches kleiner gewesen als hier im KaDeWe. Der Geruch war damals und heute aber ähnlich: eine Mischung aus Molkereiprodukten, Gewürzen und frischem Brot und Gebäck.

Am Freitagmittag war er im Berliner Hauptbahnhof angekommen, von dort in die Wohnung von Alexander und Birgitt gefahren, die ihrerseits ein Wochenende in seinem Haus in Bochum verbrachten. Angelika und er wollten die beiden Tage nutzen, um sich auszusprechen. „Lass uns schauen, wie die Zukunft aussehen könnte", hatte sie gesagt.

Er kaufte Fleisch, eine Dorade, frisches Gemüse, Pfifferlinge, junge Kartoffeln, Porree, wollte seine Liebe mit einem ausgefallenen Menü überraschen. Filet mit feinen Beilagen asiatischer Art und Kartoffelstampf. Dazu gut gekühltes Bochumer Bier, das er bei Alexander im Kühlschrank gefunden hatte.

Danach ging er im KaDeWe durch die Herrenabteilung, entdeckte dort einen dunkelblauen Seidenschal, nicht billig; er gefiel ihm ausnehmend gut und kaufte ihn. An der Kasse war ein Wühltisch mit Sonderangeboten aufgestellt. Eine rote Kappe lachte ihn an. Er sah Angelika vor sich und wusste, was er tun musste.

Mit vollen Taschen stand er vor dem Aufzug. Aus den Lautsprechern erklang einkaufsfördernde Musik, unterbrochen von Nachrichten. „Die wegweisende Europa-Rede und der gesamte Besuch in den USA können als große Erfolge der Bundeskanzlerin gewertet werden."

∗

Volker und Angelika standen in der Küche von Birgitt und Alexander. Museler hatte die Kanzlerin in einem Kleinwagen der Fahrbereitschaft direkt vor der Tür abgesetzt.

Volker schnitt das Filet mit einem scharfen Messer und großer Konzentration in kleine Streifen.

„Jetzt liegt es an mir."

Volker hörte auf zu schneiden.

„Er fühlte sich all die Jahre nicht wertgeschätzt, meinte, er sei ein bloßes Anhängsel."

Volker schüttete das Fleisch in eine hohe Pfanne.

„Er wird uns keine Steine in den Weg legen. Lass mich die Zwiebeln schälen. Es ist zum Heulen."

Das Fett spritzte in der Pfanne.

„Gib mir Zeit!"

Volker gab die Zwiebeln zum Fleisch, öffnete zwei Flaschen Bochumer Bier und stampfte die Kartoffeln zu Püree.

∗

Fließendes Nass

Was für ein Wetter! Tagelang hatten Wolken und blauer Himmel, Wind und Stille, Schnee und Kälte gewechselt. Die Flocken waren dick und wässrig gewesen, wirbelten wild, hatten wie eine weiße Wand gestanden. Seit zwei Tagen regnete es ununterbrochen.

An diesem Geburtstag würde es keine große Feier geben. Nur Maximilian war am Morgen bei ihm gewesen.

Volker beobachtete zwei Rabenkrähen, die es in der Dachrinne trieben. Er konnte nur den aufgeregt wippenden Schwanz des Männchens sehen, das auf dem Rücken des Weibchens saß. Sie ließen nicht voneinander. – Er musste los. Angelika würde in wenigen Minuten am Treffpunkt sein.

Der Weg durch die Unterführung war überflutet, und es schien, als ob die alte Albecke, die vor Jahrzehnten kanalisiert worden war, wieder an die Oberfläche kommen wollte. Angelika könnte unmöglich durch die Unterführung laufen. Er überlegte, ob er sein Auto holen sollte. Da sah er die Wagen auf der anderen Seite vorfahren. Er zog seine Schuhe aus, krempelte die Hosenbeine hoch und watete durch das fließende Nass. Seinen großen Schirm konnte er zwar über sich halten, jedoch nur schief, so dass er bis auf die Haut nass wurde.

Sie ließ das hintere Fenster herunter, schaute ihn fassungslos an. Er legte seine Hand auf die ihre. „Du kannst hier nicht durch. Ich warte vor der Haustür.“

*

In einem Fenster gegenüber tauchte das Gesicht des Nachbarn auf. Der machte Zeichen, die er nicht verstand. Volker stellte sich unter das Vordach der Eingangstür.

Der Nachbar machte keine Anstalten, vom Fenster wegzugehen, und plötzlich hielt der ältere Herr eine Kamera vor sein Gesicht. Blitzlicht spiegelte sich im Fenster. Genau in diesem Augenblick erschienen die Wagen der Kanzlerin

Volker trat hinaus in den Regen, stellte sich an den Bordstein.

Das Begleitfahrzeug stoppte unmittelbar hinter dem Kreisverkehr, Museler fuhr bis zum Hauseingang.

Der Nachbar hatte die Kamera abgesetzt und beobachtete die Vorfahrt der Limousine.

Volker spannte den großen Schirm auf, den er irgendwann mal von einer vor Ort ansässigen Ökobank als Präsent erhalten hatte, ging zum Wagen, öffnete die hintere Tür. Angelika hatte sich die rote Kappe über den Kopf gezogen, die er in Berlin für sie gekauft hatte.

Museler schlug aufs Lenkrad, als das Blitzlicht gegenüber aufleuchtete.

*

„Willst du einen heißen Kamillentee?"

„Ich denke, du brauchst eher trockene Sachen."

Volker verschwand ins Schlafzimmer, zog sich aus und ging ins Bad, um eine heiße Dusche zu nehmen. Den Riesenduschkopf mit vier Einstellungsmöglichkeiten stellte er auf soft und genoss den weichen, heißen Strahl. Die Lüftung zog den Dampf geräuschlos in die Decke.

Plötzlich klopfte es.

„Ich habe mir Sorgen gemacht."

Angelika öffnete die Tür und musterte ihn von oben bis unten. „Du bist ein attraktiver Mann, verströmst eine große Hitze."

*

Er reichte ihr einen seiner Schlafanzüge und zog selbst seinen alten Jogginganzug an, ging in die Küche, nahm die Eierspätzle aus dem Kühlschrank, gab einen Löffel Butterschmalz in eine große Pfanne und schüttete die Spätzle hinein. Dann streute er reichlich Paniermehl über die Nudeln, um schließlich zwei Eier darunterzurühren. Mit einem großen Tablett ging er zurück ins Schlafzimmer.

Angelika hatte zwei Flaschen Bier aus dem Kühlschrank geholt, schaute aus dem Fenster, schüttelte den Kopf. „Dieses Wetter wird die nächste Wahl entscheiden."

„Wer als Erster mit Gummistiefeln durch überflutete Städte stapft, der gewinnt."

„Ich muss Museler fragen, ob er welche für mich dabei hat."

„Aber du kandidierst doch gar nicht mehr."

„Gerade deshalb ist es gut, wenn ich die Erste mit Gummistiefeln bin. Dann bleibt die Wahl weiter offen."

„Wer wird denn nach dir zuerst mit Gummistiefeln gesichtet werden?" Volker stupste Angelika mit seiner Gabel.

„Ich denke, es werden rot-grüne Stiefel sein. Rote Sohlen und grüner Schaft."

*

Die Blätter änderten ihre Farbe. Manche wurden gelb, andere braun, viele rot. An der Linde wurden die Samenkapseln gelblich.

Vor einer Woche hatte Volker die Blumenkästen neu bepflanzt. Er hatte die Petunien, die schon seit einiger Zeit nicht mehr blühten, durch weißes Heidekraut ersetzt, winterharte Pflanzen, die er im Frühjahr in den Garten pflanzen wollte.

Das Laub ließ er liegen. Jedes Jahr redete er sich ein, es tue seinem Garten gut, dass die Blätter sich zersetzten und wie Dünger wirkten. Er liebte den Herbst mit seinem Nebel, der von der Sonne aufgelöst wurde, mit den kälter und kürzer werdenden Tagen, dem ersten Tau, mit seinem Duft aus Modrigkeit. Kaminfeuer und den letzten Sommerblüten. Die beiden Tauben hatte er seit Monaten nicht mehr gesehen.

*

„Ich habe in Greifswald eine Wohnung gemietet."

„Wie groß?"

„Gut 140 Quadratmeter."

„Ganz ordentlich für eine Person:"

„Es gibt dort attraktive Architektinnen."

„Seit wann?"

„Die Architektin gibt es schon länger. Die Attraktivität habe ich erst vor wenigen Wochen entdeckt."

„Das freut mich für dich."

„Kannst du damit leben?"

„Mit der Architektin oder dass du hier ausziehst?"

„Sowohl als auch." Hartwich stand auf und blickte Angelika an. „Unsere Wohnung hier hat was."

„Ich habe auch eine Entdeckung gemacht. Ich liebe nicht nur seine Colliers, sondern auch den Mann, der sie macht."

„Dann haben wir ja beide etwas gefunden."

Pass auf mich auf!

Um acht Uhr war es hell. Der kalte Tag würde ein schöner Tag werden, keine Wolke am Himmel, kein Nebel mehr, noch kein Schnee. Die Straßenlaternen hatten sich automatisch abgeschaltet. Volker zog sich einen dicken Mantel an und ging hinaus Richtung Stadtpark.

Wenn die großen Buchen und Kastanien ihre Blätter und Früchte abgeworfen hatten, konnte man weit durch den Park sehen. Der Spielplatz war um diese Uhrzeit noch leer. Am Ende des Weges, an der Kante zur Straße, stand das Milchhäuschen. Es war eine Institution. Ein beliebter Treffpunkt stadtweit. Ein Art Café, ein Einfachbau wie ein Schuhkarton. Daneben die Minigolfanlage. Selbst zu dieser frühen Stunde spielten vier Männer eine Partie. Volker sah sie mit ihren Köfferchen an Bahn sieben stehen, gestikulieren, diskutieren, und sie bemerkten ihn nicht.

Der Weg führte bergab, so dass ihm das Gehen leicht fiel. Vor ihm lag der Eingang zum Neuen Park. Von hier hatte man den besten Blick auf den Stadtparkteich bis hinüber zum Rosengarten. Das Staudenbeet, von Anliegern gepflanzt und gepflegt, setzte je nach Jahreszeit bunte Akzente, war jetzt aber trist und grau.

Volker blieb stehen und schaute auf den Teich. Aus den grünen Gondeln der Gründerzeit waren bunte Tretboote geworden, die zu dieser Jahreszeit im Winterquartier eingelagert waren. Ein Warnschild erhob sich aus dem Wasser. „Betreten der Eisfläche verboten". Der künstlich angelegte Teich besaß weiche Formen, eine kleine

Halbinsel, einen Anleger für den Bootsverleih und eine große Fontäne, die aber nur sporadisch funktionierte.

Auf einer Wiese etwas abseits wuchsen einzeln stehende Eichen. Es waren die Maibäume früherer Jahre, welche die Maischützen am Abend vor dem 1. Mai eingepflanzt hatten. Der Teich lag hier im Schatten, so dass sich auf ihm eine dünne Eisschicht gebildet hatte. Damals wie heute wurde der Hang, der hinauf zum Bismarckturm führte und frei von Bäumen war, zum Schlittenfahren genutzt. Vom Park für die Jugend waren es nur wenige Schritte bis zum Park für die Alten. Ein Rosengarten mit weißen Bänken und einer kleinen Göttin als Wasserspiel.

Volker konnte nun direkt auf das Katholische Klinikum sehen, in dem er auf Leben und Tod gelegen hatte.

*

Auf dem Friedhof war er allein.

„Ich habe eine Frau kennengelernt. Sie hat bei mir Colliers gekauft. Sie hat Geschmack. Ich habe sie zu uns ins Haus eingeladen, ihr die Werkstatt gezeigt. Sie ist ganz begeistert von unserer eisblauen Küche. Du hast eine schöne Farbe ausgesucht. Sie versteht sich gut mit Maximilian. Die beiden unterhalten sich immer sehr gut. Sie ist Politikerin. Du weißt am besten, wie ich über Politiker denke, aber sie ist anders. Natürlich auch anders als du. Sie gefällt mir. Sie will mit mir zusammen sein. Jeden Tag. Ich liebe dich, habe dich immer geliebt. Pass auf mich auf.“

Mit festlich kraftvollem Schwung

Angelika kam wie immer fast auf die Minute pünktlich. Viel Spaß!", rief Museler seiner Chefin hinterher.

„Ich habe ihn und die Sicherheitsleute eingeweiht. Sie sollen sich auf etwas mehr Beobachtung einstellen."

Maximilian stand in der Einfahrt. Als Angelika auf ihn zukam, öffnete er gekonnt die rechte Vordertür. Sie hatte sich für ein enganliegendes rotes Kleid entschieden. Mit seitlichen Schlitzen, kurzen Armen und einem handbreiten Saum aus matter Spitze. Der runde Ausschnitt hatte die richtige Größe, um ihrem Collier den nötigen Raum zu geben. Sie trug eines aus fünf tiefgrünen Smaragden, die wie Blätter des Schmalblättrigen Weidenröschens bearbeitet waren, umschlungen von einer Fülle feinster Weißgoldfäden, geformt nach den Härchen der Flugsamen des Epilobium angustifolium.

„Schau, mein neues Sommerschneecollier." Angelika machte ihren Hals ganz lang, strich die perfekt sitzenden Haare zur Seite; die mittellange Bob-Frisur stand ihr gut. Sie drehte den Kopf zu Maximilian, der sie anstrahlte und eine leichte Verbeugung machte.

Volker trug einen schmalen, körperbetonten mattgrauen Gehrock, der seine sportliche Figur besonders zur Geltung kommen ließ. Beim Gehen wehten die Rockschöße zur Seite, so dass das glänzende rote Futter sichtbar wurde. Durch das strahlend weiße Hemd, das er bis zum zweiten Knopf offen trug, wurde sein gebräuntes Gesicht besonders betont. Am Revers trug er eine winzige goldene Sicherheitsnadel.

Volker quetschte sich auf den Hintersitz. „So ein Mini ist wirklich kein Auto für drei."

*

Maximilian hielt auf dem Seitenstreifen unmittelbar neben dem Eingang. Angelika setzte die Nana-Mouskouri-Brille auf. Volker stieg aus, während Maximilian blitzschnell um den Wagen herumlief und Angelika mit einem tiefen Diener die Tür aufhielt. Dann reichte Volker ihr die Hand.

„Viel Spaß!", rief Maximilian den beiden hinterher.

*

Die Pressesprecherin der Bochumer Symphoniker winkte Volker schon von weitem zu. Sie überreichte ihm die Karten mit weit ausgestrecktem Arm durch zwei andere Besucher hindurch. „Wir freuen uns, dass Sie und Ihre Begleitung kommen konnten, und wünschen Ihnen einen schönen Abend."

„Den werden wir haben."

Die Pressesprecherin der BoSys schaute hoch, riss die Augen weit auf, wandte sich dann aber wieder der Überreichung weiterer Karten zu.

„Du hast mir gar nicht erzählt, dass das Foyer ein ehemaliges Kirchenschiff ist."

„Das Gebäude sollte abgerissen werden. Einige Fenster waren schon rausgenommen. Die Marienkirche war die Kirche der Arbeiter des Blaubuchsenviertels, der Gegend um den Bochumer Verein. Dieser Raum hat nie schöner ausgesehen."

„Wer ist auf diese tolle Idee gekommen?"

„Die einen sagen, der alte Generalmusikdirektor, die anderen ein Kulturmann der Union."

Das Foyer war gut mit Gästen gefüllt. Erste Augenpaare richteten sich auf die Dame in Rot mit der Sonnenbrille. Der Superintendent und der Stadtdechant unterbrachen ihr Gespräch. Der Kulturdezernent huschte an ihnen vorbei zur Garderobe, wie immer auf den letzten Drücker. Der großgewachsene ehemalige Kanzler der Ruhr-Uni, ein guter Kunde von Volker, winkte ihnen freundlich zu. Die Regionaldirektorin stieß ihre Parteikollegin, die Vorsitzende des Kulturausschusses, leicht an, und legte ihre Hand auf deren Unterarm. Der Präsident der Technischen Hochschule schlenderte in einem auffälligen Bergkittel vorbei, grüßte mit einem lauten „Glück auf!". Angelika erwiderte den Gruß im Gleichklang mit Volker.

„Das benutzt ihr hier noch?!"

„Leider nur noch wenige."

An der Bar in der Mitte des Raumes herrschte reger Betrieb. Ein Herr mit einem roten Schal gestikulierte wild, wollte sich vordrängen. Es war der Vorsitzende der Sozialdemokraten. Bochums erste Kunst-Mäzenin, eine sehr schlanke, sehr große, ganz in Schwarz gekleidete Dame, stand unmittelbar neben dem Sozialdemokraten und fixierte ihn mit eisigem Blick. Etwas abseits wartete der Bundestagspräsident mit seiner Frau; sein Gesicht wirkte gedankenverloren, während zwei Ratsmitglieder seiner Partei auf ihn einredeten.

Die große Gussstahlglocke der alten Marienkirche läutete zum Konzert. Der neue Generalmusikdirektor würde gleich zum ersten Mal die Bochumer Symphoniker dirigieren. Ein großes Ereignis für die Stadt. Die Besucher strömten zu den Eingängen.

Angelika nahm Volkers Hand. Kurz vor den Seitentüren warteten Magnus und Hannah und umarmten sie. „Treffen wir uns nachher am Ausgang?" Magnus reckte den Daumen der rechten Hand nach oben, Hannah lächelte. Dann gingen die beiden in den Saal; sie hatten ihre Karten kaufen müssen.

An der Tür schaute sich ein junger Ordner mit leicht abgekauten Fingernägeln die Karten von Angelika und Volker genau an, begutachtete den Herrn, dann die ihn begleitende Dame und stutzte, denn die Brillengläser von Angelika blendeten. Er gab ihnen die Karten zurück, ohne den Blick von Angelika zu wenden, begleitete sie zum Platz und verabschiedete sich mit einer leichten Verbeugung.

*

Sie hatten Plätze am rechten Rand der zweiten Reihe des Hochparketts. Volker nahm den Randplatz. Die beiden Plätze neben ihnen waren noch frei.

Die Besucher um sie herum blätterten im Programmheft, beugten sich über die Brüstung, einige Damen zogen ihre Paschminas enger um den Hals, manche Herren schauten auf ihre Uhr, andere zupften an ihrem Hemdkragen und blickten interessiert ins Parkett hinunter. Volker winkte Hannah und Magnus zu, die auf der gegenüberliegenden Seite ihre Plätze eingenommen hatten.

Eine Minute später erschienen ihre Sitznachbarn. Es waren die Eigentümer einer großen Bochumer Gummifabrik, die Volker kannten. Die Frau trug eine Brosche aus seinem Atelier. Beide grüßten freundlich. Angelika nahm ihre Brille ab. Die Frau blieb stehen, streckte ihren Arm aus und zupfte am Ärmel der Jacke ihres Mannes;

der ging weiter. Angelika nickte ihnen zu und lächelte ihr schönstes Lächeln, als die Dame neben ihr Platz nahm.

Nun füllte sich auch die Reihe vor ihnen. Die Brüder Feigner schauten mit ihren Ehefrauen suchend nach ihren Plätzen. Der jüngere Bruder starrte auf die Sitznummer. Seine Frau, die hinter ihm ging, erkannte die Dame in Rot auf den ersten Blick. „Frau Bundeskanzlerin? Sie hier? Sind Sie es wirklich?"

„Frau Feigner von der gleichnamigen Brauerei", flüsterte Volker in Angelikas Ohr.

„Das leckere Bier, das du immer im Kühlschrank hast?", flüsterte Angelika zurück.

Volker nickte.

Der Chef der Stadtwerke machte sich unübersehbar groß, grüßte freundlich von seinem Sitz. Der frühere Fraktionsvorsitzende der Sozialdemokraten beugte sich mit offenem Mund weit nach vorn. Der kulturpolitische Sprecher der Grünen, ein guter Mann aus dem Ennepe-Ruhr-Kreis und häufiger Gast in Bochum, wollte gerade sein Handy zur Hand nehmen, als seine Sitznachbarin ihn mit bösem Blick und langem Zeigefinger ermahnte, keine Fotos zu machen. Die Oberbürgermeisterin schaute ziellos ins Parkett, bis ihr persönlicher Referent, der sie regelmäßig zu solcherart Veranstaltungen begleiten musste, sie auf die Unruhe hinter ihnen aufmerksam machte. Die Oberbürgermeisterin sah sich um, erkannte die Kanzlerin, strich sich durch ihre gewohnt wuscheligen Haare und versuchte durch Winken auf sich aufmerksam zu machen. – Vergeblich! Denn Angelika ließ sich gerade von Volker die Saaldecke, die eine Bochumer Schreinerei hergestellt hatte, erklären. Unter der schwarz gestrichenen Betondecke waren lange, schmale Holzleisten montiert, sowohl längs als auch quer, darunter auch noch schräg verlaufend. So ergab sich ein Muster von Quadraten, das durch die schrägen Hölzer aber nicht auf den ersten Blick erkennbar war. „Das soll akustische Gründe haben", erläuterte Volker.

Der Generalmusikdirektor betrat die Bühne, und Beifall brandete Beifall.

„Der sieht aber sehr jung aus", flüsterte Angelika.

„Im Programmheft steht, er sei siebenunddreißig. Er soll sehr gut sein, hat schon mit vielen Orchestern gespielt. Eine Findungskommission hat ihn einstimmig empfohlen."

Der neue GMD hatte bei der Auswahl der Musik auf ein spektakuläres Feuerwerk verzichtet, stattdessen, wie es im Programmheft hieß, „drei Werke von festlichem, kraftvollem Schwung" ausgewählt. Mit Strawinskys Pulcinella-Suite, Schostakowitschs Violoncello-Konzert Nr. 1 und der Jupiter-Symphonie von Mozart wollte der Novize sein Können unter Beweis stellen.

*

Nach gut eineinhalb Stunden brandete lang anhaltender Applaus auf. Es hatte keine Pause gegeben, doch war für einen exklusiven Kreis nach dem Konzert ein Empfang vorgesehen. Volker hatte hierzu keine Einladung erhalten.

Drei Fotografen nutzten den Applaus, um vom Rand des Hochparketts Bilder vom sich verbeugenden GMD und dem klatschenden Publikum zu machen. Einer von ihnen nahm überrascht seine Kamera vom Gesicht, schaute über das Objektiv hinweg, um sich zu vergewissern, dass die Dame in Rot, die er gerade fotografiert hatte, tatsächlich die war, die er glaubte, erkannt zu haben. Der GMD war für ihn plötzlich nebensächlich, und so hielt eben dieser Fotograf mit seiner Kamera als Einziger diesen Augenblick fest. Den Mann an der Seite der Kanzlerin kannte er nicht, aber er wusste, dass es nicht ihr Ehemann war. Er fotografierte, als sich Angelika Hermes und ihr Begleiter von den Sitzen erhoben und der unbekannte Mann ihr seine Hand reichte, weil die Handläufe zu wenig Sicherheit boten.

Epilog

Sie saßen auf der Terrasse, blickten in den Garten, beobachteten die Vögel, hörten das Gurren der Tauben. Sie beobachteten zwei Alttiere und zwei Taubenkinder. „Blauschecks". So viel hatte Volker gelernt. Die Linde blühte. Die Äste der Trauerweide hingen schlaff herunter. Alle Bäume waren grün.

Es klingelte an der Haustür. Ein Paketbote.

„Ich habe ein Paket für Angelika Luerke. Bin ich hier richtig?"

„Ja, Sie sind hier richtig."

Die mit *** gekennzeichneten Zitate von Angelika Hermes sind Reden von Dr. Angela Merkel entnommen.
Seite 31/32: Bulletin Nr. 93-1 vom 30. November 2005; Regierungserklärung vor dem Deutschen Bundestag, Berlin.
Seite 82/83: Bulletin Nr. 95-2 vom 3. Oktober 2006: Festakt zum Tag der Deutschen Einheit, Kiel.
Seite 155/156: Bulletin 37-4 vom 25. März 2007; Festakt zum 50. Jahrestag der Unterzeichnung der Römischen Verträge, Berlin.
Seite 172: 8. März 2011; anlässlich der Verleihung der „Presidential Medal of Freedom", Washington D. C.

Henselowsky
Boschmann

Verlag
Henselowsky Boschmann
Bücher vonne ruhr
Postfach 10 02 31
46202 Bottrop
post@vonneruhr.de
www.vonneruhr.de

Unsere Bücher erhalten Sie in
jeder Buchhandlung. Sollte
einmal eines nicht vorrätig
sein, kann Ihr Buchhändler es
kurzfristig beschaffen.
Auf Wunsch senden wir Ihnen
gerne unseren Gesamtprospekt und
informieren regelmäßig über unser
Angebot an Ruhrgebietsliteratur.
Hier eine Auswahl:

Werner Bergmann
24 Spaziergänge in die alte Zeit
des Ruhrgebiets

Klaus-Dieter Krause
Krauses Zeug
Schmunzelpost frei von der Lippe

Jürgen von Manger
Bleibense Mensch!
Träume, Reden und Gerede
des Adolf Tegtmeier

Monsieur Paillot im Nirgendwo
Land und Leute aus der Sicht
eines Revolutionsflüchtlings
am Vorabend des Reviers (1794)

Wo Schweine pfeifen,
Ziegen moppern und
Tauben an das Gute glauben
Tiergeschichten aus dem Ruhrgebiet

Jott Wolf
Der revierdeutsche Struwwelpeter
Knuffige Schoten und
drollige Bilders

Dirk Hallenberger (Hg.)
In Sachen Stadtschaft
Lit. Reportagen u. Aufzeichnungen
zum Ruhrgebiet 1923 bis 1973

Graf Alexander
von Stenbock-Fermor
Erlebnisse als Bergarbeiter
im Ruhrgebiet 1923

Die Heinzelmännkes
Auf Abenteuer im Ruhrgebiet
Illustriert von Benjamin Bäder

Werner Boschmann (Hg.)
Ruhrbesetzung 1923
Ein Jahr spricht für sich

Rainer Bonhorst
Dr. Antonia Cervinski-Querenburg
Daaf ich Sie noch ma wat lernen
Ruhrdeutsch mit der Sprachforscherin

Sascha Pranschke
Am Ende der Welt
liegt Duisburg am Meer
Roman